國際學術研討會

古龍武俠小說 領先時代半世紀

【記者賴素鈴／報導】江湖代有才人出，這廂古龍凋零二十載，那廂今朝懸賞百萬獎新秀，浪淘不盡，唯有武俠熱愛，不隨時間變易，在學術研討會上更見分明。以「一代鬼才：古龍與武俠小說」爲主題，淡江大學第九屆文學與美學國際學術研討會昨起在國家圖書館，展開爲期兩天的議程，紀念武俠小說家古龍逝世二十周年，新生代學者與古龍故舊齊聚一堂，以文論劍話武俠。

日前與淡大中文系教授林保淳共同發表《台灣武俠小說發展史》，武俠小說評論家葉洪生昨天在專題演講中，直批胡適1959年底發表「武俠小說下流論」是「胡說」，學界泰斗的不當發言以及隨即展開的「暴雨專案」，反而促成1960年起台灣武俠新秀的繁興，「武俠小說迷人的地方，恰恰在門道之上。」，葉洪生認定，武俠小說審美四原則在文筆、意構、雜學、原創性，他強調：「武俠小說，是一種『上流美』。」

集多年心血完成《台灣武俠小說發展史》，葉洪生認爲他已爲從十歲起迷上武俠小說的半世紀畫上完美句點，並且宣布他「以後決心退出武俠論壇，封劍退隱江湖」。

雖然葉洪生回顧武俠小說名家此起彼落，套太史公名言「固一世之雄也，而今安在哉？」，認爲這是值得深思的嚴肅課題，昨天意外現身研討會而備受矚目的溫世禮，則爲了紀念同是武俠迷的哥哥溫世仁，推出第一屆「溫世仁武俠小說百萬大賞」，即日起至今年10月3日截止收件，經兩階段評選後於明年12月7日公布首獎得主，預料將會是一場武林新秀的龍虎爭霸戰。

看明日誰領風騷？風雲時代出版社發行人陳曉林眼中的古龍，其實領先他的時代半世紀，以致如今雖然古龍逝世20年，陳曉林認爲大家對古龍的了解仍然有限，預言未來世代更能和古龍的後設風格共鳴。

昨天這場研討會，也凸顯武俠小說作爲一項文學研究門類，仍有待開發學習空間。多位與會者都指出，武俠小說的發表、出版方式和管道具考證難度，學術理論與論文格式的建立待加強。而武俠名家的版權之爭、市場競爭力，也增加出版推廣困難，古龍武俠小說的版權糾紛、司馬翎作品的版權官司也成爲研討會的場外話題。

與

武俠小說

第九屆文學與美

一代鬼才

古龍

古龍兄為人慷慨豪邁，跌蕩自如，變化多端，文如其人，且復多奇氣，惜英年早逝。余與古兄當年交好，且喜讀其書，今既不見其人，又無新作可讀，深自嘆惜。

金庸

一九九六．十．十一．香港

九月鷹飛

（中）

古龍精品集60

九月鷹飛(中)

十四　奪命飛刀……005
十五　惺惺相惜……023
十六　虎穴嬌娃……053
十七　柔情蜜意……065
十八　相見恨晚……093
十九　甘為情死……115
二十　除夕之夜……135

目・錄

廿一 鴻賓客棧……149
廿二 四大天王……173
廿三 吹笛的人……191
廿四 悲歡離合……213
廿五 驚魂一刀……239
廿六 風流寡婦……263
廿七 寒夜黑星……279
廿八 身外化身……297

十四　奪命飛刀

有種人你想找他的時候，打破頭也找不到，你不想見他的時候，他卻偏偏會忽然出現在你的眼前。

上官小仙好像就是這種人。

她一隻手捧著肚子，一隻手指著葉開，吃吃的笑道：「你佔了人家的屋子，又佔了人家的床，人家回來了，什麼話都不說，只不過叫你讓開，你都不肯，這未免太不像話了吧。」

話沒有說完，她已笑出了眼淚，笑彎了腰。

葉開反而沉住了氣。現在他總算已明白這是怎麼回事了。

這女人不但是條狐狸，簡直是個鬼，簡直什麼事都做得出，什麼花樣都想得出來。

上官小仙還在笑個不停，就像是從來也沒有見過這麼好笑的事。

崔玉真吃驚的看著她，忍不住問道：「她是什麼人？」

葉開道：「她不是人。」

上官小仙笑道：「對了，我本來就不是人，我是個活神仙，無論你藏到什麼地方去，我還是一找就找到。」

葉開並沒有問她，是怎麼找到的。

她顯然一直都在暗中盯著葉開，就像是個鬼影子一樣。

上官小仙道：「可是我倒真沒有想到，這位道士姑娘會把你弄到這麼樣一個好地方，要不是她急著替你去抓藥，這次我們真的差點找不到你了。」

她走過去，拿起床頭的空藥碗嗅了嗅，又笑道：「只可惜她實在不能算是個好大夫，這種藥你就算喝八百斤下去，也一樣沒有用。」

崔玉真已氣得滿臉通紅，卻還是忍不住要問：「你能治好他的傷？」

上官小仙道：「我也不是個好大夫，可是我卻替他請了個最好的大夫來。」

剛才那個憤怒的丈夫，現在已連一點火氣都沒有了，正看著他們微笑。

上官小仙道：「這位就是昔年妙手神醫的唯一傳人，『妙手郎中』華子清，你見多識廣，想必一定知道他的。」

葉開的確知道。

華家父子，的確都是江湖中有名的神醫，醫治外傷，更有獨門的傳授。

可是這父子兩人都有同樣的毛病。偷病。

他們根本不需要去偷的，可是他們天生的喜歡偷，無論什麼都偷。

去找他們治傷醫病的人，往往會被他們偷得乾乾淨淨。

「妙手」這兩個字，就是這樣來的。

葉開笑了笑，道：「想不到閣下非但醫道高明，而且還很會作戲。」

華子清也笑了笑，道：「這點你就不懂，要學偷，就一定要學會作戲。」

「爲什麼？」

華子清道：「因爲你一定要學會扮成各式各樣的人，才能到各種地方去偷各式各樣的東西。」他微笑著，又道：「譬如說，你若要到廟裡去偷經，就一定得扮成和尚，若要去偷窯子，就一定要扮成嫖客。」

葉開道：「你若要到大字號的店家去偷，就一定得先扮成大老闆的樣子去踩道。」

華子清拊掌道：「閣下當真是舉一反三，一點就透，若要學這一行，我敢保證不出三個月，就可以成爲專家。」

上官小仙嫣然道：「他現在就已經是專家了，所以你去替他治傷的時候，最好小心點，否則你說不定反而會被他給偷得乾乾淨淨。」

華子清笑道：「我偷人家已偷了幾十年，能被別人偷一次，倒也有趣。」他微笑著走過去，又道：「只要刀上沒有毒，我也敢保證，不出三天，閣下就又可以去殺別人了。」

崔玉真忽然大聲道：「等一等。」

華子清道：「還等什麼？」

崔玉真道：「我怎麼知道你是真的來替他治傷的？」

上官小仙嘆道：「這位道士姑娘倒真是個細心的人，只可惜腦筋卻有點不太清楚，莫非是已經被我們這位葉公子迷暈了頭。」

崔玉真紅著臉，道：「隨便你怎麼說，我……」

上官小仙打斷她的話，冷冷道：「現在我若要殺他，簡直比吃豆腐還容易，我何必費這麼大的事？」

崔玉真冷笑。

上官小仙道：「你不信？」

崔玉真還是在冷笑。

上官小仙身子突然輕飄飄飛起，就像是一朵雲一樣，飄過了他們的頭頂。崔玉真只覺得突然有隻冰冷的手伸進了被窩，在她的胸膛上輕輕捏了一把。再看上官小仙又已輕飄飄的飛了回去，站在原來的地方，笑嘻嘻的看著她：「據說東海玉簫會採補，可是你身上倒還很結實，看來你對付男人想必也很有一套。」

崔玉真臉上一陣紅，一陣青，氣得幾乎已經快哭了出來。

上官小仙悠然道：「這本是女人値得驕傲的事，有什麼好難爲情的，幾時有空，說不定我也要跟你學兩手。」

崔玉真的臉色已發白。她知道這女人是在存心侮辱她，可是她只有忍受。爲什麼人們總是要爲已經過去了的事，付出痛苦的代價呢。爲什麼有些人一定要讓別人覺得痛苦，自己才感覺到快樂。崔玉真淚已流下，上官小仙臉上卻露出了勝利的微笑。

葉開忽然道：「滾出去。」

上官小仙好像吃了一驚：「你叫誰滾出去？」

葉開道：「你！」

上官小仙道：「我好心好意的請了人來替你治傷，你卻叫我滾出去！」

葉開寒著臉，道：「不錯，我叫你滾出去。」

上官小仙臉色也有點變了，冷笑道：「你難道不怕我殺了你？」

葉開道：「你以爲你真的能殺我？」

上官小仙道：「你也不信？」

葉開道：「我只想提醒你一件事。」

上官小仙道：「什麼事？」

葉開道：「這件事。」

他的手慢慢的從被下伸出，手裡赫然有柄刀。三寸七分長的刀，飛刀！

薄而利的刀鋒，在燈下閃閃的發光。上官小仙的臉似已被刀光映成了鐵青色，華子清的臉似已發綠。小李飛刀！這就是從小李探花一脈相傳下來的飛刀！這就是「例不虛發」的飛刀。

江湖中無論多可怕的高手，都從來也沒有人能躲過這出手一刀。

葉開冷冷道：「我本來不願殺人的，可是你最好莫要逼我。」

上官小仙冷笑道：「你現在還能殺人？」

葉開道：「你想試試？」

上官小仙也不敢去試。

沒有人敢！沒有人敢用自己的生命作賭注，來作這幾乎已輸定了的孤注一擲。

上官小仙長長吸了口氣，勉強笑道：「難道你不想你的傷快好？」

葉開道：「我只想要你滾出去。」

上官小仙嘆了口氣，道：「我不會滾，我走出去行不行？」

她真的說走就走，華子清當然走得更快。

走到門口，她卻突又回頭，道：「有件事我差點忘了告訴你。」

葉開道：「什麼事？」

上官小仙道：「你想不想知道那位丁姑娘現在的下落？」

葉開不說話了，他當然想知道。

上官小仙道：「她現在正和郭定在一起，也跟你們一樣，睡在一張床上。」

葉開冷笑道：「你爲什麼要在我面前說這種話，你明知沒有用的。」

上官小仙悠然道：「你不信他們會做這種事？」

葉開當然不信。

上官小仙悠然道：「他們本來也許會對你很忠實的，可是，假如丁姑娘也冷得要命，郭定也像這位道士姑娘一樣好心呢？假如丁姑娘身上有個見不得人的地方，中了什麼毒針，郭定爲了救她，是不是會替她吮出來呢？」

葉開的臉色也變了。

上官小仙臉上又露出勝利的微笑，挽起華子清的手，笑道：「他對我雖然無情，我卻不能對他無義，留下一包藥給他，我們走。」

這次她總算真的走了。

葉開本已坐起來，現在忽然倒了下去。

崔玉真出聲道：「你……你怎樣了？」

葉開嘆了口氣，苦笑道：「幸好你將我的刀放在枕下，幸好她沒有試。」

崔玉真道：「你剛才根本無力傷她。」

葉開看著手裡的刀，臉上的表情變得很嚴肅，道：「這把刀並不是只用手就可以發出去的，要用全身所有的精神和力量，才能發出一刀，可是我現在……」

他現在已連說話都覺得很吃力。

崔玉真看著他，淚又流下：「我知道你是爲了我，才趕她走的，可是你何必爲了我冒這種險……我本就是個應該受侮辱的人。」

葉開柔聲道：「沒有人應該受侮辱，也沒有人有權侮辱別人。」

他的聲音雖溫柔，卻很堅決：「他老人家傳授我這柄刀，只是爲了要我讓天下的人都明白這道理，而且莫要忘記。」

崔玉真的眼睛也亮了，緩緩道：「我想他老人家一定是個了不起的人。」

葉開目光遙視在遠方，帶著種說不出的孤寂之色：「他自己常說他只不過是個很平凡的人，可是他做的事，卻是絕沒有任何人能做得到的。」

這也正是李尋歡的偉大之處。所以不管他在什麼地方，都永遠活在人們的心裡。

燈光已漸漸微弱，燈油似已將枯。

崔玉真忽然又長長嘆息了一聲，道：「現在我只擔心一件事。」

葉開道：「你擔心她會將我的下落告訴別人，你擔心她還會再回來？」

崔玉真道：「嗯！」

葉開道：「她絕不會這麼樣做的，她只希望我的傷快好。」

崔玉真道：「爲什麼？」

葉開道：「因爲她要我去替她對付別人。」

崔玉真還是不懂。

葉開道：「那天她故意將玉簫引去找我，爲的就是要我跟他火併，她還希望我去替她殺郭定，殺伊夜哭，殺所有可能會擋住她路的人。」

崔玉真道：「可是，她也知道，你絕不會去替她殺人的。」

葉開苦笑道：「我雖然不會去替她殺那些人，但是那些人卻一定要來殺我。」

崔玉真道：「只要你們拚起來，無論誰勝誰負，她都可以漁翁得利。」

葉開點點頭，道：「所以她並不希望我受傷，更不希望我這麼快就死。」

崔玉真只覺得手腳冰冷，她實在想不到世上竟有如此陰險惡毒的女人。

葉開目中帶著深思之色，忽然又道：「所以有件事我更想不通。」

崔玉真道：「什麼事？」

葉開沉吟著，道：「逼著你到冷香園去吹簫的那個人，可能就是玉簫派去的。」

崔玉真愕然道：「他爲什麼要做這種事？」

葉開道：「因爲他早已知道你是個本性很善良的人，早已知道你對他不滿，已經想離開他了。」

崔玉真垂下頭，輕輕道：「最近我的確總在想法子避著他。」

葉開道：「他也知道我一定會到冷香園去找，所以他故意要你在那裡等，故意讓你將丁靈琳的下落透露給我。」

崔玉真又不懂了：「難道他故意想要你去將丁姑娘救出來？」

葉開點點頭，道：「因爲他已用攝心術一類的邪法，控制了丁靈琳，叫丁靈琳一看見我就殺了我。」

崔玉真動容道：「不錯，所以他故意在那屋子的窗外，擺了三盆臘梅，爲的就是要讓你容易找到。」

葉開道：「但他爲了怕我疑心，所以也不能讓我有容易得手的機會。」

崔玉真道：「所以他又故意弄了那麼多玄虛，讓你永遠想不到這一點。」

葉開道：「他將丁靈琳劫走，根本就不是爲了上官小仙，而是爲了要我的命。」

崔玉真咬著牙，恨恨道：「我以前實在不知道他也是個這麼陰險惡毒的人。」

葉開道：「但他卻絕不是金錢幫的人，因爲上官小仙並不想要我死，也並不知道他用的這一著，所以我大爲想不通。」

崔玉真道：「想不通什麼？」

葉開道：「想不通他怎麼也會攝心術這一類邪法的。」

崔玉真道：「會這種邪術的人很少？」

葉開道：「會的人並不少，可是真正精通的人卻沒有幾個，其中大多數是魔教中的人。」

崔玉真動容道：「魔教？」

葉開道：「你也聽說過？」

崔玉真道：「我始終以爲那只不過是傳說而已，想不到這世上竟真的有魔教。」

葉開道：「你沒有聽玉簫談起過魔教？」

崔玉真道：「沒有。」

葉開道：「你跟著他已有多久？」

崔玉真垂下頭，道：「快兩年了。」

她臉上又露出種說不出的悲痛憎惡之色，這兩年來她想必就像生活在地獄裡一樣。

葉開等她情緒略爲平定，才問道：「這兩年來他平時都在什麼地方？」

崔玉真道：「他有條很大的海船，平時他都在船上，但每隔一、兩個月，都會找個海口停泊，補充糧食和清水。」

她想了想，接著又道：「可是幾個月前，他卻在一個沒有人的荒島上停留了六、七天，沒有帶別的人去，也不許我們下船。」

葉開的眼睛亮了，他忽然想起鐵姑說的話：「……這次本教在神山聚會，另選教宗，重開教門，新任的四大天王和公主……」

崔玉真道：「你在想什麼？」

葉開長長嘆了口氣，道：「我本就在懷疑，卻一直不敢相信。」

崔玉真道：「懷疑什麼？」

葉開道：「懷疑玉簫也入了魔教，而且是魔教中的四大天王之一。」

崔玉真的臉色蒼白，忽然握住他的手，道：「你的傷口疼不疼？」

葉開點點頭。

崔玉真道：「據說魔教用的刀都有毒。」

葉開道：「不錯！」

崔玉真道：「刀上若有毒，你的傷口竟只有痛？」

刀上若有毒，就不會覺得痛苦，只會覺得麻木。

葉開笑道：「刀上就是有毒，也毒不死我。」

崔玉真道：「爲什麼？」

葉開道：「因爲我是個奇怪的人，我的血裡有種抗毒之力，尤其可以消滅魔教的毒。」

崔玉真吃驚的瞪大了眼睛，道：「這是天生的？」

葉開搖搖頭，道：「是最近才有的。」

崔玉真道：「怎麼會有的？」

葉開道：「我的母親，昔年本是魔教中的大公主。」

崔玉真更吃驚，忍不住問：「現在呢？」

葉開笑了笑，道：「現在她只不過是個很平凡的老婦人，正在一個寧靜的地方，安享她的餘年，希望她的兒子能時常回去看看她。」

崔玉真道：「可是你卻很少回去。」

葉開道：「因爲她還有個兒子在陪著她。」他目光彷彿又在凝視著遠方，徐徐道：「這個兒子雖不是她親生的，卻比我這個親生的兒子更孝順。」

崔玉真道：「他長得也跟你一樣？」

葉開微笑道：「他跟我不一樣，他是個很奇怪的人，但卻比我好看，廢話也沒有我這麼多，我希望以後能常見他。」

崔玉真嫣然道：「我也希望能見到他，他既然是你的兄弟，那麼一定也是個很好的人。」

她心裡忽然充滿了對未來幸福的憧憬，忍不住又問：「他叫什麼名字？」

葉開說出了他的名字：「傅紅雪！」

華子清留下的藥有兩包，一包內服，一包外敷。內服的藥性很平和，彷彿還有種鎮靜的功效，所以葉開睡得很沉。他醒來覺得很愉快，因為他傷口的痛苦似已減輕了很多，而且門外又傳來了熬雞粥的香氣。

崔玉真想必正在廚房裡替他熬粥。陽光照在窗戶上，風很輕，今天想必是個很好的天氣。

葉開幾乎已將所有的煩惱全都忘了，大聲道：「粥煮好了沒有，快添三大碗給我。」

「來了！」

門簾忽然掀起，一大碗粥平空飛了進來，「砰」的打在牆上。葉開怔住。滿牆的雞粥慢慢流下，一個人冷笑著，忽然在門口出現。

伊夜哭。

他身上還是穿著那件繡滿了黑牡丹的鮮紅長袍，看來還是像個殭屍。

葉開忽然對他笑了笑，道：「早。」

伊夜哭冷冷道：「你醒的雖不早，倒真巧。」

葉開道：「哦？」

伊夜哭道：「你若再遲醒片刻，只怕就永遠也不會醒了。」

葉開又笑了笑，道：「你來得雖不巧，倒真早。」

伊夜哭冷冷道：「早起的雀兒吃食，晚起的雀兒吃屎，我若非起得早，又怎麼會湊巧看見那個背叛了師門的女叛徒。」

葉開嘆道：「看來起得太早也不是好事，她若非起得早，又怎麼會撞見鬼？」

伊夜哭道：「那只怪你。」

葉開道：「怪我？」

伊夜哭道：「她若非已被你迷住了，又怎麼會一大早就起來，溜回那客棧去替你打聽韓貞的消息？」

葉開的心沉了下去。昨天晚上，他問過崔玉真。她當真不知道韓貞怎麼樣了，她看見葉開受傷，只顧著帶葉開趕快逃走，哪裡還顧得了別人。

葉開雖沒有再問，也沒有責備她，可是心裡卻難免有點慚愧，有點難受；他覺得自己對不起韓貞。

所以崔玉真心裡也很難受。葉開看得出，卻想不到她一早就會溜出去替他打聽韓貞的消息。只要他說一句話，她就會不顧一切，去爲他做任何事。

伊夜哭道：「她算準玉簫一定已走了，卻想不到我居然還留在那裡。」

葉開忍不住問道：「那天晚上他沒有殺了你？」

伊夜哭冷笑道：「你以爲他真要殺了我？」

葉開道：「不是真的？」

伊夜哭道：「我們只不過是在作戲，特地作給你看的，好讓你有機會去救人。」

葉開道：「那時你們已發現我在外面？」

伊夜哭道：「你們一進了那院子，他就已知道。」

葉開嘆了口氣，苦笑道：「看來我倒低估了他。」

伊夜哭道：「他也低估了你，他認爲你已死定了。」

葉開道：「你呢？」

伊夜哭道：「我知道要你這種人死，並不是件容易事。」

葉開道：「這次你總算沒有看錯。」

伊夜哭道：「但現在你若不將上官小仙交出來，還是死定了。」

葉開嘆道：「這次你看錯了。」

伊夜哭道：「你最好明白一件事。」

葉開道：「你說。」

伊夜哭道：「我喜歡殺人。」

葉開道：「這是實話。」

伊夜哭道：「我最想殺的人就是你。」

葉開道：「這也是實話。」

伊夜哭道：「所以你若不趕快將上官小仙交出來，我絕不會再等的，我寧可不要她，也要殺了你。」

葉開道：「你最好也明白一件事。」

伊夜哭道：「我也讓你說。」

葉開道：「我不喜歡殺人，但你這種人卻是例外。」

伊夜哭冷笑道：「現在你能殺得了我？」

葉開道：「我不能，它能。」

他的手一翻，刀已在手。

三寸七分長的刀，飛刀。伊夜哭看著這柄刀，瞳孔立刻收縮。

他當然也知道這就是小李探花一脈相傳的飛刀，例不虛發的飛刀。

葉開道：「我只希望你莫要逼我殺你。」

他每次出手之前，都要說這句話。

因爲這柄刀並不是用手發出來的，要發這柄刀，就得使出全身的精神和力量。刀一發出，就連他自己也無法控制。

伊夜哭盯著這柄刀，徐徐道：「我認得這柄刀。」

葉開道：「認得最好。」

伊夜哭道：「只可惜你不是小李探花。」

葉開道：「我不是。」

伊夜哭道：「你現在只不過是個受了傷的廢物，你這把刀連條狗都殺不死。」

葉開道：「這柄刀不殺狗，只殺人。」

伊夜哭大笑，道：「我倒要試試它能不能殺得死我。」

他的人已掠起，向葉開撲了過去。他有一雙專破暗器的手。但這柄刀不是暗器。這柄刀幾乎也已不是刀，而是種無堅不摧，不可抗拒的力量。

刀光一閃。伊夜哭的身子突然在空中扭曲，跌下。他沒有呼喊，也沒有掙扎，突然間就像個空麻袋般軟癱在地上。

他的咽喉上已多了一柄刀。飛刀！天上地下，獨一無二的飛刀。

十五　惺惺相惜

葉開靜靜的坐在那裡，眼睛裡帶著種無法描述的表情，彷彿是憐憫，又彷彿突然覺得很寂寞。

殺人！並不是件愉快的事。

但窗外卻突然傳來了一陣銀鈴般的笑聲，是上官小仙的笑聲。

「好快的刀。」

笑聲還在窗外，她的人卻已從門外掠進來，輕盈得就像是隻輕盈的燕子。

葉開還是靜靜的坐在那裡，甚至連看都沒有看她一眼。

現在她無論在什麼時候出現，葉開都已不會覺得驚異。

上官小仙拍著手笑道：「我果然沒有看錯你，我從來也沒有看見過這麼快的刀。」

葉開突然冷笑，道：「你還想再看看？」

上官小仙道：「我不想，我也知道你不會殺我的，用這種刀來殺一個孤苦伶仃的女孩子，小李探花知道了，一定會很生氣。」她嬌笑著，又道：「何況，你本該感激我才是，若不是我昨天叫華子清留下那兩包藥，你今天也未必能殺了他的。」

葉開不能否認。

上官小仙嫣然道：「可是我也很感激你，你總算已爲我殺了一個人了。」

這句話就像是條鞭子，一鞭子抽在葉開臉上。

明知要被人利用，還是被人利用了，這的確不是件好受的事。

葉開冷冷道：「我既已殺了一個人，就還能殺第二個。」

上官小仙道：「我相信。」

葉開道：「所以你最好趕快走。」

上官小仙道：「你又要趕我走？」

葉開道：「是！」

上官小仙輕輕嘆息道：「我長得難道比那女道士難看？我難道就不能像她一樣的侍候你？」

床頭的几上，已擺著套洗得乾乾淨淨，疊得整整齊齊的衣服。

這當然也是崔玉真替他準備的。

可是她的人呢？

丁靈琳的人呢？

葉開拿起了衣服，他已沒法子再躺下去。

上官小仙道：「你要走了？到哪裡去？」

的。」

葉開不開口。

上官小仙道：「是不是要去找那女道士？」

葉開還是不開口。

上官小仙悠然道：「你若是去找她，我勸你不如躺下去養養神，因爲你一定找不到她的。」

葉開想開口，又閉住。

他已很瞭解上官小仙，她若不想說的事，沒有人能問得出來，她若想說，就根本不必問。

上官小仙道：「你若想去找丁靈琳，也不如在這裡陪我談談心，因爲你就算找到了她，也只有覺得更難受。」

葉開不聽。

上官小仙道：「也許你現在還能找到一個人。」

葉開已在穿靴。

上官小仙道：「現在你唯一可以找到的人就是韓貞，而且一找就可以找到，你知不知道爲什麼？」

葉開不問。

上官小仙道：「因爲他已躺在棺材裡，連動都不會動了。」

葉開霍然站起來，目光火炬般瞪著她。

上官小仙笑了笑，道：「你明知道他不是我殺的，瞪著我幹什麼？你若想替他報仇就該先找出他的仇人來。」

她淡淡的接著道：「可是我勸你不要去，你現在唯一應該做的事，就是躺下去好好睡一覺。」

葉開沒有聽她說完這句話，人已衝了出去。

棺已蓋，卻還沒有上釘；薄薄的棺材，短短的人生。

韓貞的臉，看來彷彿還在沉睡，他本是在沉睡中死的。

「我們發現他的時候，他已經無救了，只好先買口棺材，暫時將他收殮，但我們卻連他姓什麼都不知道，只希望他還有親戚朋友來收他的屍。」

這客棧的掌櫃，倒不是個刻薄的人。

棺材雖薄，至少總比草蓆強。

「謝謝你。」

葉開真的很感激，但卻更內疚、悔恨。若不是爲了他，韓貞就不會受傷。若不是他的疏忽大意，韓貞的傷本可治好的。可是現在韓貞已死了，他卻還活著。

「他怎麼死的？」

「是被一柄劍釘死在床上的。」

「劍呢？」

「劍還在。」

劍在燈下閃著光。

是一柄形式很古雅的長劍，精鋼百煉，非常鋒利，劍背上帶著松紋。

血跡已洗淨，用黃布包著。

「我們店裡的兩個夥計，費了很大的力氣，才將這柄劍拔出來。」

掌櫃的在討好，邀功。

他雖然並不是刻薄的人，但有希望能得到點好處，得到些補償時，他也不想錯過。

葉開卻好像聽不懂這意思。

他心裡在思索著別的事：

「這一劍莫非是從窗外擲入，刺入了韓貞的胸，再釘在床上的？」

「這一擲之力實在不小。」

掌櫃的又道：「跟大爺你一起來住店的那位姑娘，前天晚上也回來過一次，她好像也病了，是被那位擊敗了南宮遠的郭大俠抱回來的。」

「他們到哪裡去了？」

「不知道，他們只出現了一下子。」

一個夥計補充著道：「那天晚上是我當値，我剛進了院子，就看見屋裡有道光芒一閃，就像是閃電一樣。」

「等我趕過去時，大爺你的這位朋友已被釘死在床上。」

「然後郭大俠就抱著那位姑娘回來了，郭大俠和南宮遠比劍時，我也抽空去看了，所以我認得他。」

「等我去報告了掌櫃，再回去看時，郭大俠和那位姑娘又不見了。」

葉開猜的不錯。

這一劍果然是從窗外擲進去的，所以這店夥計才會看見那閃電般的劍光。

等這兇手想取回他的兇器時，郭定已回來。

他是乘崔玉真已將葉開帶走後，郭定還沒有帶丁靈琳回來前，那片刻間下手的。

那時間並不長，也許他根本沒時間來取回這柄劍，也許他急切間沒將劍拔出來，兩個夥計，費了很大的力，才將這柄劍拔出來的。

「郭定又將丁靈琳帶到哪裡去了？」

「他們爲什麼不在這裡等？又沒有去找他？」

這些問題，葉開不願去想。現在他心裡只想著一件事——絕不能讓韓貞白死。

他心裡的歉疚悔恨，已將變爲憤怒。

「這柄劍你能不能讓我帶走？」

「當然可以……」

葉開說走就走。

掌櫃的急了：「大爺你難道不準備收你這位朋友的屍？」

「我會來的，明後天我一定來。」

葉開並不是不明白這掌櫃的意思，只不過一個人囊空如洗，身無分文的時候，就只好裝裝傻了。

十天來，今天是第一次看到如此燦爛的陽光。

陽光燦爛。

街上的積雪已溶，泥濘滿路。

但街上的人卻還是很多，大家都想乘這難得的好天氣，出去走走。

「八方鏢局」的金字招牌，在陽光下看來，氣派更不凡。

一個穿著青布棉襖的老人，正在門前打掃著積雪和泥濘。

葉開大步走了過去。

他只要走得稍微快些，胸口的傷就會發疼，但他卻還是走得很快。肉體上的痛苦，他一點也不在乎。

他走進院子的時候，正有兩個人從前面的大廳裡走出來。

響。

一個是四十多歲的中年人，衣著很華麗，像貌很威武，手裡捏著雙鐵膽，「叮叮噹噹」的

另一個年紀較輕，卻留著很整齊的小鬍子，白生生的臉，乾乾淨淨的手。

葉開迎過去。

他心情好的時候，本是個很有禮貌，很客氣的人，可是他現在心情並不好。

他連抱拳都沒有抱拳，就問道：「這裡的總鏢頭是誰？」

捏著鐵膽的中年人上上下下看了他兩眼，沉著臉道：「這裡的總鏢頭就是我。」

對一個如此無禮的人，他當然也不會太客氣。

「鐵膽鎮八方」戴高崗，並不是好惹的人。

「你又是什麼人？來找誰的？」

葉開道：「我就是來找你的。」

戴高崗道：「有何見教？」

葉開道：「有兩件事。」

戴高崗道：「你不妨先說一件。」

葉開道：「我要來借五百兩銀子，三天之內就還給你。」

戴高崗笑了，眼睛裡全無笑意，冷冷的盯著葉開的胸膛：「你受了傷。」

葉開的傷口又已崩裂，血漬已滲過衣裳。

戴高崗冷冷道：「你若不想再受一次傷，就最好趕快從你來的那條路滾出去。」

葉開凝視著他，徐徐道：「我久已聽說『鐵膽鎮八方』是個橫行霸道的人，看來果然沒有說錯。」

戴高崗冷笑。

葉開道：「我向你借五百兩銀子，你可以不借，又何必再要我受一次傷？又何必要我滾出去？」

戴高崗怒道：「我就要你滾。」

他突然出手，抓葉開的衣襟，像是想將葉開一把抓起來，摔出去。

他的手堅硬粗糙，青筋暴露，顯然練過鷹爪功一類的功夫。

葉開沒有動。

可是他這一抓，並沒有抓住葉開的衣襟。

他抓住了葉開的手。

葉開的手已迎上去，兩個人十指互勾，戴高崗冷笑著輕叱一聲：「斷！」

他自恃鷹爪功已練到八、九成火候，竟想將葉開五指折斷。

葉開的手指當然沒有斷。

戴高崗忽然覺得對方手指上的力量竟遠比他更強十倍。只要一用力，他的五根手指反而就要被折斷。

——飛刀本是用指力發出的，若沒有強勁的指力，怎麼能發得出那無堅不摧的飛刀？

戴高崗臉色變了，額上已冒出黃豆般的冷汗。

可是葉開也並沒有用力，只是冷冷的看著他，淡淡道：「你拗斷過幾個人的手指了？」

戴高崗咬著牙，不敢開口。

葉開道：「你下次要拗斷別人的手指時，最好想想此時此刻。」

他突然鬆開手，扭頭就走。

那一直背負著雙手，在旁邊冷眼旁觀的年輕人忽然道：「請留步。」

葉開停下：「你有五百兩銀子借給我？」

這年輕人笑了笑，反問道：「朋友尊姓？」

葉開道：「葉。」

年輕人道：「木葉的葉？」

葉開點點頭。

年輕人凝視著他，道：「葉開？」

葉開又點點頭，道：「不錯，開心的開。」

戴高崗聳然動容，道：「閣下就是葉開？」

葉開道：「正是。」

戴高崗長長吐出口氣，苦笑道：「閣下爲何不早說？」

葉開淡淡道：「我並不是來打秋風的，只不過是來借而已，而且只借三天。」

戴高崗道：「五百兩已夠？」

葉開道：「我只不過想買兩口棺材。」

戴高崗不敢再問，後面已有個機警的帳房送來了五百兩銀票。

「請收下。」

葉開並不客氣，韓貞的喪事固然要辦，伊夜哭的屍體也要收殮。

他並不是那種殺了人後就不管的人，他需要這筆錢。

前倨後恭的戴高崗又在問：「閣下剛才是說有兩件事的。」

葉開道：「我還要打聽一個人。」

戴高崗道：「誰？」

葉開道：「呂迪，『白衣劍客』呂迪。」

戴高崗臉上忽然露出種很奇怪的表情。

葉開道：「據說他已到了長安，你知不知道他在哪裡？」

那留著小鬍子的年輕人忽然笑了笑，道：「就在這裡。」

這年輕人態度很斯文，長得很秀氣，身上果然穿著件雪白的長袍，目光閃動間，帶著種說不出的冷漠高傲之意。

葉開終於看清了他。

「你就是呂迪？」

「是！」

葉開解開了左手提著的黃布包袱，取出了那柄劍，反手捏住劍尖，遞了過去。

「你認不認得這柄劍？」

呂迪只看了一眼：「這是武當的松紋劍。」

葉開道：「是不是只有武當弟子才能用這柄劍？」

呂迪道：「是。」

葉開道：「你是不是武當弟子？」

呂迪道：「是！」

葉開道：「這是不是你的劍？」

呂迪道：「不是。」

葉開道：「你的劍呢？」

呂迪傲然道：「我近年已不用劍。」

葉開道：「用手？」

呂迪一直背著雙手，冷冷道：「不錯，有些人的手，也一樣是利器。」

葉開道：「可是你若要從窗外殺人，還是得用劍。」

呂迪皺了皺眉，好像聽不懂這句話。

葉開道：「因爲你的手不夠長。」

呂迪道：「你這是什麼意思？」

葉開道：「我的意思你應該明白。」

呂迪道：「你是說，我用這柄劍殺了人？」

葉開道：「你不承認？」

呂迪道：「我殺了誰？」

葉開道：「你殺人從不問對方的名字？」

呂迪道：「現在我正在問。」

葉開道：「他姓韓，叫韓貞。」

「韓貞？」呂迪回過頭問戴高崗：「你知不知道這個人？」

戴高崗點點頭，道：「他是衛天鵬的智囊，別人都叫他鐵錐子。」

呂迪目中露出了輕蔑之色，轉向葉開：「這鐵錐子是你的什麼人？」

葉開道：「是我的朋友。」

呂迪道：「你想替他復仇？」

葉開道：「不錯。」

「你認爲是我殺了他的？」

葉開道：「是不是？」

呂迪傲然道：「就算是我殺的又如何？這種人莫說只殺了一個，就算殺了十個八個，也不妨一起算在我帳上。」

葉開冷笑道：「你以爲你是什麼人？」

呂迪道：「是個不怕別人來找我麻煩的人，等你的傷好了，隨時都可以來找我復仇。」

葉開道：「那倒不必。」

呂迪道：「不必？」

葉開道：「不必等。」

呂迪道：「你現在就想動手？」

葉開道：「今天的天氣不錯，這地方也不錯。」

呂迪看著他，忽然問道：「你剛才說要買兩口棺材，一口就是給韓貞的？」

葉開點點頭。

呂迪道：「還有一口呢？」

葉開道：「給伊夜哭。」

呂迪道：「紅魔手？」

葉開道：「是的。」

呂迪道：「他已死在你手下？」

葉開道：「我殺人後絕不會忘了替人收屍。」

呂迪道：「好，你若死了，這兩口棺材我就替你買，你的棺材我也買。」

葉開道：「用不著。我若死了，你不妨將我的屍體拿去餵狗。」

呂迪突然大笑，仰面笑道：「好！好極了。」

葉開道：「你若死了呢？」

呂迪道：「我若死了，你不妨將我的屍體一塊塊割下來，供在韓貞的靈位前，吃一塊肉下一口酒。」

葉開也大笑，道：「好，好極了，男子漢要替朋友復仇，正當如此。」

他忽然轉過身，背朝著呂迪。

因爲他的傷口又已被他的大笑崩裂，又迸出了血。

陽光燦爛。

有很多人都喜歡在這種天氣殺人，因爲血乾得快。

他自己若被殺，血也乾得快。

呂迪站在太陽下，還是背負著雙手。

他對自己這雙手的珍惜，就像是守財奴珍惜自己的財富一樣，連看都不願被人看見。

葉開緩緩的走過去，第二次將劍遞給他。

「這是你的劍。」

呂迪冷笑著接過來，突然揮手，長劍脫手飛出，「奪」的釘在五丈外的一棵樹上。

劍鋒入木，幾乎已沒至劍柄。

這一擲之力，已足夠穿過任何人的身子，將人釘在床上。

葉開的瞳孔收縮，冷笑道：「好，果然是殺人的劍。」

呂迪又背負起雙手，傲然道：「我說過，我已不用劍。」

葉開道：「我聽說了。」

呂迪道：「你殺人當然也不用劍。」

葉開道：「從來不用。」

呂迪盯著他的手，忽然問道：「你的刀呢？」

他當然知道葉開的刀。

江湖中幾乎已沒有人不知道葉開的刀。

葉開凝視著他，等了很久，才冷冷道：「刀在。」

他的手一翻，刀已在手。雪亮的刀，刀鋒薄而利，在太陽下閃動著足以奪人魂魄的寒光。

若是在別人手上，這柄刀並不能算利刃，但此刻刀在葉開手上。

葉開的手乾燥而穩定，就如同遠山之巔。

呂迪的瞳孔也突然收縮，遠在五丈外的戴高崗，卻已連呼吸都已停頓。

他忽然感覺到一種從來也沒有體驗過的殺氣。

呂迪脫口道：「好！果然是殺人的刀。」

葉開笑了笑，突然揮刀。

刀光一閃不見。

這柄刀就似已突然消失在風中，突然無影無蹤。

就算眼睛最利的人，也只看見刀在遠處閃了閃，就看不見了。

這一刀的力量和速度，絕沒有任何人能形容。

呂迪已不禁聳然動容，失聲問：「你這是什麼意思？」

葉開淡淡道：「你既不用劍，我爲何要用刀？」

呂迪凝視著他，眼睛裡已露出很奇怪的表情，過了很久，忽然伸出手：「你看看我的手。」

在別人看來，這並不能算是隻很奇特的手。

手指是纖長的，指甲剪得很短，永遠保持得很乾淨，正配合一個有修養的年輕人。

但葉開卻已看出了這隻手的奇特之處。

這隻手看來竟似完全沒有經絡血脈，光滑細密的皮膚，帶著股金屬般的光澤。

這隻手不像是骨骼血肉組成，看來就像是一種奇特的金屬，不是黃金，卻比黃金更貴重，不是鋼鐵，卻比鋼鐵更堅硬。

呂迪凝視著自己這隻手，徐徐道：「你看清了，這不是手，這是殺人的利器。」

葉開不能不承認。

呂迪道：「你知道家叔？」

他說的就是「溫侯銀戟」呂鳳先。

葉開當然知道。

呂迪道：「這就是他昔日練的功夫，我的運氣卻比他好，因爲我七歲時就開始練這種功夫。」

呂鳳先是成名後才開始練的，只練成了三根手指。

呂迪道：「他練這種功夫，只因他一向不願屈居人下。」

兵器譜上排名，溫侯銀戟在天機神棒、龍鳳雙環、小李飛刀和嵩陽鐵劍之下。

呂迪道：「百曉生作兵器譜後，家叔苦練十年，再出江湖，要以這隻手，和排名在他之上的那些人爭一日之短長。」

他沒有再說下去。

因爲呂鳳先敗了，敗在一個女人手下。

一個美麗如仙子，卻專引男人下地獄的女人——林仙兒。

呂迪道：「家叔也說過，這已不是手，而是殺人的利器，已可列名在兵器譜上。」

葉開一直在靜靜的聽著，他知道呂迪說的每個字都是真實的。

他從不打斷別人的實話。

呂迪已抬起頭，凝視著他，道：「你怎麼能以一雙空手，來對付這種殺人的利器？」

葉開道：「我試試。」

呂迪不再問，葉開也不再說。現在無論再說什麼，都已是多餘的。

陽光燦爛。

可是這陽光燦爛的院子，現在卻忽然充滿了一種說不出的肅殺之意。

戴高崗忽然覺得很冷。

他穿的衣服很溫暖，陽光也很溫暖，可是他忽然覺得百般寒意，也不知從哪裡鑽了出來，鑽入了他衣領，鑽入了他的心。

刀已飛入雲深處，劍已沒入樹裡。

這既不是刀寒，也不是劍氣，但卻比刀鋒劍刃更冷，更逼人。

戴高崗幾乎已不願再留在這院子裡。可是他當然也捨不得走。

無論誰都可以想像得到，這一戰必將是近年來最驚心動魄的一戰，必將永垂武林。

能親眼在旁邊看著這一戰，也是一個人一生中難得的際遇。

無論誰都不願錯過這機會的。

戴高崗只希望他們快些開始，快些結束。

可是葉開並沒有出手。

呂迪也沒有。

連戴高崗這旁觀者，都已受不了這種無形的可怕壓力，但他們卻像是根本無動於衷。

是不是因爲這壓力本就是他們自己發出來的，所以他們才感覺不到？

抑或是因爲他們本身已變成了一塊鋼，一塊巖石，世上已沒有任何一種壓力能動搖他們？

戴高崗看不出。

他只能看得出，葉開的神態還是很鎮定，很冷靜，剛才因仇恨而生出的怒火，現在已完全平息。

他當然知道，在這種時候，憤怒和激動並不能致勝，卻能致命。

呂迪的傲氣也已不見了；在這種絕不能有絲毫疏忽的生死決戰中，驕傲也同樣是種致命的錯誤。

驕傲、憤怒、頹喪、憂慮、膽怯……都同樣可以令人的判斷錯誤。

戴高崗也曾看見不少高手決戰，這些錯誤，正是任何人都無法完全避免的。

可是現在，他忽然發現這兩個年輕人竟似連一點錯誤也沒有。他們的心情，他們的神態，他們站著的姿勢，都是絕對完美的。

這一戰究竟是誰能勝？

戴高崗也看不出。他只知道有很多人都認爲葉開已是當今武林中，最可怕的一個敵手。

他已知道有人說過，現在若是重作兵器譜，葉開的刀，已可名列第一。

可是他現在沒有刀。

雖然沒有刀，卻偏偏還是有種刀鋒般的銳氣，殺氣。

葉開能勝嗎？戴高崗並不能確定。

他也知道呂迪的手，已可算是天下武林中，最可怕的一雙手。這雙手已接近金剛不壞，已沒有任何人能將這雙手毀滅。

呂迪是否能勝，戴高崗也不能確定。

葉開看來實在太鎮定，太有把握，除了刀之外，他一定還有種更可怕的武功，一種任何人都無法思議也想不到的武功。

現在若有人來跟戴高崗打賭，他也可能會說葉開勝的。他認爲葉開勝的機會，至少比呂迪多兩成。

可是他錯了。

因爲他看不出葉開此刻的心情，也看不出葉開已看出的一些事。

一些已足夠令葉開胃裡流出苦水來的事。

自從呂迪的劍擲出後，葉開已對這個驕傲的年輕人起了種惺惺相惜的好感。

可是他聽過兩句話：

「仇敵和朋友間的分別，就正如生與死之間的分別。」

「若有人想要你死，你就得要他死，這其間絕無選擇。」

這是阿飛對他說過的話。

阿飛是在弱肉強食的原野中生長的，這正是原野上的法則，也是生死的法則。在這種生死一瞬的決戰中，絕不能對敵人存友情，更不能有愛心。

葉開明白這道理。他知道現在他致勝的因素，並不是「快」與「狠」，而是「穩」與「準」。

因爲呂迪很可能比他更快，更狠。

因爲現在他的胸膛，正如火焰燃燒般痛苦，他的傷口不但已迸裂，竟已在潰爛。

「妙手郎中」給他的，並不是靈丹，也不會造成奇蹟。

痛苦有時雖能令人清醒振奮，只可惜他的體力，已無法和他的精神配合。所以他一出手，就得制對方的死命，至少要有七成把握時，他才能出手。

他所以必需等。等對方露出破綻，等對方已衰弱，崩潰，等對方給他機會。

可是他已失望。直到現在，他還是無法從呂迪身上找出一點破綻來。

呂迪看來只不過是隨隨便便的站著，全身上下，每一處看來都彷彿是空門。

葉開無論要從什麼地方下手，看來好像都很容易。

可是他忽又想到了小李探花對他說過的話，昔年阿飛與呂鳳先的那一戰，只有李尋歡是在旁邊親眼看著的。

那時的呂鳳先，正如此刻的呂迪。

「那時阿飛的劍，彷彿可以隨便刺入他身上任何部位。」

「但空門太多，反而變成了沒有空門。」

「他整個的人都似已變成了一片空靈。」

「這『空靈』二字，也正是武學中至高至深的境界。」

「我的飛刀出手，至少有九成把握。」

「但那時我若是阿飛，我的飛刀就未必敢向呂鳳先出手。」

只要是李尋歡說過的話，葉開就永遠都不會忘記。

現在呂迪的人是不是也已成了一片空靈？

葉開忽然發覺自己低估了這個年輕人，這個人才真正是他平生未曾遇見的高手。

他雖然並沒有犯任何致命的錯誤，可是他卻已失去一點最重要的致勝因素。

他已失去了致勝的信心。

呂迪冷冷的看著他，眼睛愈來愈亮，愈來愈冷酷，忽然又說出了三個字：「你輸了。」

弛。

「你輸了。」

葉開還未出手，呂迪就已說他輸了。

這三個字並不是多餘的，卻像是一柄劍，又刺傷了葉開的信心。

葉開居然沒有反駁。

因爲他忽然發現呂迪終於給了他一點機會，——一個人在開口說話時，精神和肌肉都會鬆弛。

他面上露出痛苦之色，因爲他知道自己若是表現得愈痛苦，呂迪就愈不會放過他的。

在這種生死決戰中，若有法子能折磨自己的對手，無論誰都不會放過的。

呂迪果然又冷冷的接著道：「你的體力已無法再支持下去，遲早一定會崩潰，所以你不必出手，我已知道你輸了。」

就在他說出最後一個字的時候，葉開已出手。

這已是他所能找到的最好機會。

呂迪剛說完了這句話，正是精神和肌肉最鬆弛的時候。

他的身形雖然還是沒有破綻，但葉開已有機會將破綻找出來。

葉開沒有用刀。

可是他出手的速度，並不比他的刀慢。

他的左手虛捏如豹爪、鷹爪，右手五指屈伸，誰也看不出他是要用拳？用掌？是要用鷹爪功？還是要用鐵指功？

他的出手變化錯落，也沒有人能看得出他攻擊的部位。

他必須先引動呂迪的身法。只要一動，空門就可能變實，就一定會有破綻露出。

呂迪果然動了，他露出的空門是在頭頂。

葉開雙拳齊出，急攻他的頭頂；這是致命的攻擊。可是他自己的心卻已沉了下去，因爲他已發覺，自己這一招露出，前胸的空門也露了出來。

胸膛正是他全身最脆弱的一環，因爲他胸膛上本已有了傷口。

無論誰知道自己身上最脆弱的部位，可能受人攻擊時，心都會虛，手都會軟了。

葉開的攻勢已遠不及他平時之強，速度已遠不如他平時快。

他忽然發覺，這破綻本是呂迪故意露出來的。

呂迪先故意給他出手的機會，再故意露出個破綻，爲的只不過是要他將自己身上最脆弱的部位暴露。

這正是個致命的陷阱，但是他竟已像鴿子般落了下去。他再想補救，已來不及了。

呂迪的手，忽然已到了他的胸膛。

這不是手，這本就是殺人的利器。

戴高崗已聳然變色。

現在他才知道自己剛才看錯了，他已看出這是無法閃避的致命攻擊。

誰知就在這時，葉開的身子忽然憑空掠起，就像是忽然被一陣風吹起來的。沒有人能在這種時候，這種姿態中飛身躍起，這幾乎是不可能的事。

但葉開的輕功，竟已達到了「不可能」的境界。

戴高崗忍不出失聲大呼：「好輕功！」

呂迪也不禁脫口讚道：「好輕功。」

這兩句話他們同時說出，這個字還沒有說完，葉開已憑空跌下。

呂迪的手，已打在他胯骨上。

葉開使出那救命的一掌時，知道自己躲過了呂迪第一招，第二招竟是再也躲不過的了。

他身子淩空翻起時，後半身的空門已大破。他只有這麼樣做，他的胸膛已絕對受不了呂迪那一擊。

可是胯骨上這一擊也同樣不好受。

他只覺得呂迪的手，就像是一柄鋼錐，錐入了他的骨縫裡。

他甚至可以聽得見自己骨頭碎裂的聲音。

地也是硬的。

葉開從沒有想到，這滿是泥濘的土地，也是硬得像鐵板一樣。

因爲他跌下來時，最先著地的一部份，正是他的骨頭已碎裂的那一部份。

他幾乎已疼得要暈了過去。

他忽又警醒，因爲他發現呂迪的手，又已到了他的胸膛。這一來他才是真正無法閃避的，也無法伸手去招架。

他的手是手，呂迪的手卻是殺人的利器。

死是什麼滋味？

葉開還沒有開始想，就聽戴高崗大呼：「手下留情。」

呂迪的手已停頓，冷冷道：「你不要我在這裡殺他？」

戴高崗嘆了口氣，道：「你何必一定要殺他？」

呂迪道：「誰說我要殺他？」

戴高崗道：「可是你……」

呂迪冷笑道：「我若真的要殺他，憑你一句話就能攔得住？」

戴高崗苦笑，他知道自己攔不住，世上也許根本沒有人能攔得住。

呂迪道：「我若真的要殺他，他已死了十次。」

這並不是大話。

葉開看著這驕傲的年輕人，痛苦雖已令他的臉收縮，但是他的一雙眼睛，反而變得出奇的平靜，甚至還帶著笑意。

他爲什麼笑？

被人擊敗，難道是件很有趣的事？

呂迪已轉過頭，盯著他，忽然問道：「你可知道我爲什麼不殺你？」

葉開搖搖頭。

呂迪道：「因爲你本已受了傷，否則以你輕功之高，縱然不能勝我，我也無法追上你。」

葉開笑了：「你根本用不著追，因爲我縱然不能勝你，也不會逃的。」

呂迪又盯著他，過了很久，才慢慢的點了點頭：「我相信。」

他眼睛裡也露出種和葉開同樣的表情，接著道：「我相信你絕不是那種人，所以我更不能殺你，因爲我還要等你的傷好了以後，再與我一決勝負。」

葉開道：「你……」

呂迪打斷他的話，道：「就因爲我相信你不會逃，所以知道你一定會來的。」

葉開道：「到了那一天，我還真敗在你手下，你就要殺我了？」

呂迪點點頭：「到了那一天，你若勝了我，我也情願死在你手下。」

葉開嘆了口氣，道：「世事如棋，變化無常，你又怎知我們一定能等到那一天？」

呂迪道：「我知道。」

突聽牆外一人嘆息著道：「但有件事你卻不知道。」

呂迪沒有問，也沒有追出來看看。

他在聽。

牆外的人徐徐道：「今日你若真的想殺他，現在你也已是個死人了，他身上並不止一把刀。」

呂迪的瞳孔突然收縮。

就在他瞳孔收縮的一剎那間，他的人已竄出牆外。

截高崗沒有跟出去，卻趕過來，扶起了葉開，嘆息著道：「我實在想不到你居然會敗。」

葉開卻在微笑：「我也想不到你居然會救我。」

戴高崗苦笑道：「並不是我救你的，我也救不了你。」

葉開道：「只要你有這意思，就已足夠。」

戴高崗勉強笑了笑，忽然站起來，大聲吩咐：「套馬備車。」

十六　虎穴嬌娃

車廂很寬大，很舒服。

這本是借給託運鏢貨的客商們，走遠路時坐的。

八方鏢局不但信用極好，爲客人們想得也很周到。

葉開想不到戴高崗居然是個很周到的人。

他先在車廂裡墊起了很厚的棉被，又自己扶著葉開坐上車。

「你的傷不輕，一定要趕快去找個好大夫。」

他的周到和關心，已使得葉開不能不感激。

葉開嘆了口氣，苦笑道：「你本不該這麼樣對我的，我對你的態度並不好。」

戴高崗道：「無論誰在你當時那種心情下，態度都不會好的。」

葉開嘆道：「看來我不但低估了呂迪，也看錯了你。」

戴高崗也嘆了口氣，道：「他的確是我生平未見的高手，但卻還是未必能比得上你。」

葉開道：「我已敗了。」

戴高崗道：「可是他若真的要殺你，現在也已死在你手下。」

葉開道：「你也相信這句話？」

戴高崗點點頭。

葉開凝視著他，忽然問道：「你知不知道在牆外說這句話的人是誰？」

戴高崗搖搖頭：「我正想問你，你一定知道他是誰的。」

葉開道：「爲什麼？」

戴高崗道：「我想他一定是你的朋友。」

葉開道：「哦！」

戴高崗道：「因爲他不但幫你說出了你不願說的話，而且生怕呂迪再下毒手，所以故意將他引開。」

葉開又嘆了口氣，道：「你想得的確很周到，卻想錯了。」

戴高崗道：「這個人不是你的朋友？」

葉開苦笑道：「我本來也以爲他是我的朋友。」

戴高崗道：「現在呢？」

葉開道：「現在我只希望以前從來沒有見過他，以後也永遠不要見到他。」

戴高崗道：「你知道他是什麼人？」

葉開沒有回答這句話，卻反問道：「你要帶我去找的大夫是誰？」

戴高崗道：「那個大夫也是個很古怪的人，醫道卻很高。」

葉開忽然笑了笑，道：「我昨天也認得了一個人很古怪，醫道很高明的郎中。」

戴高崗也笑了，道：「醫道高明的大夫，脾氣好像都有點古怪的，就正如真正的武林高手，脾氣也都有點古怪一樣。」

葉開微笑著，道：「你的脾氣並不古怪。」

戴高崗道：「我怎麼能算武功高手？」

葉開道：「但我卻知道，近年來『八方鏢局』保的鏢，從來也沒有出過一次岔子。」

戴高崗笑道：「那只不過因爲我這兩年來的運氣不錯，而且有很多好朋友照顧。」

葉開慢慢的點了點頭，道：「我相信你一定有很多好朋友。」

戴高崗還想再說什麼，但葉開卻已閉上了眼睛。

他看來的確很疲倦，他並不是鐵打的。

戴高崗又拉過條棉被，輕輕的蓋在他身上，臉上卻帶著種很奇怪的表情。

看他這種表情，就好像恨不得用這條棉被蒙起葉開的頭，活活的悶死這個人。

但他卻只不過將棉被蓋到葉開身上。

葉開似已睡著。

現在就算真的有人要用棉被悶死他，他既不會知道，更不能反抗。

所以他真的睡著了。

日正當中，正午。

馬車還在繼續往前走，旅程彷彿還有很長。

「你一定要趕快找個好大夫……」

可是戴高崗要找的這好大夫，卻未免住得太遠了些。

他看著沉睡中的葉開，嘴裡正在咀嚼著一條雞腿。

他早已有準備，準備要走很長的路，所以連午飯都準備在車上。

他本就是個很周到的人。

但卻只有一個人吃的午飯，只有一條雞腿，一塊牛肉，一張餅，一瓶酒。

他竟似早已算準了葉開要睡著，因為臨上車之前，他給葉開喝了一碗保養元氣的參湯。

牛肉滷得不錯，雞腿的滋味也很好，雖然比不上他平時吃的午飯，可是在執行任務時，一切事都不能不將就些的。

他雖然是個很講究飲食的人，現在也已覺得很滿意了。

何況，現在他的任務眼看著就已將完成，再過一個多時辰，就可以將葉開交出去，他還來得及趕回去享受一頓豐富的晚餐。

喝完了最後一口酒，他忽然也覺得很疲倦。

他本沒有睡午覺的習慣，可是現在能乘機小睡半個時辰也不錯，精神養足了，晚餐後還可以安排一、兩個有趣的節目。

車子在搖動，就像是搖籃一樣。

他閉上了眼睛，心裡已開始在計劃著晚上應該去找誰？是那個最會撒嬌的小妖精？還是那個功夫特別好的老妖精？

這些節目都是很費錢的，但他卻已有兩年不必再爲金錢煩惱。

「也許應該把兩個都找來，比較比較。」

所以現在必須養足精神。

他嘴角帶著微笑，終於睡著。

他好像只睡了一下子，可是他醒來的時候，葉開竟也不見了。

車門還是關著的，馬車還在繼續前行。

葉開的人卻已無影無蹤。

戴高崗的臉色突然蒼白，大聲吩咐：「停車！」

他衝下去，拉住了那個趕車的：「你有沒有看見那姓葉的下車？」

「沒有。」

「他的人呢？」

趕車的冷笑：「你跟他一起在車裡，你不知道，我怎麼知道？」

這趕車的顯然不是他的屬下，對他的態度並不尊敬。

戴高崗忽然覺得胃部收縮，忍不住要將剛吃下去的雞腿和牛肉全吐出來。

趕車的一雙眼睛卻在盯著他，冷冷道：「你最好還是趕快上車，跟我一起去交差。」

戴高崗並沒有想逃，他知道無論逃到什麼地方去，都沒有用的。

馬車開始往前走的時候，他就伏在車窗上，不停地嘔吐。

恐懼就像是臭魚一樣，總是會令人嘔吐。

馬車轉過一個山坳，前面一塊很大的木牌，上面寫著：「此山有虎，行人改路。」

可是這輛車卻沒有改路，路卻愈來愈窄，僅能容這輛車擦著山壁走過。

再轉過個山坳後，前面竟是一條街道。

一條和城裡一樣非常熱鬧的街道，兩旁有各式各樣的店舖，街上有各式各樣的人。

你若仔細去看，就會發現這條街道和城裡一條最熱鬧的街道，竟是完全一模一樣的，連街道兩旁的店舖，招牌都完全一樣。

到了這裡，無論誰都會以為自己忽然又回到了長安城裡。

可是走過這條街，前面就又是一片荒山。

現在馬車的速度已緩了下來。街上的行人，神情彷彿都很悠閒，好像並沒有特別注意這輛大車。

因為他們認得這輛車，也認得這個趕車的人。

若是個陌生的人，趕著車走入這條街道，無論他是誰，不出一剎那，他就會死在街頭。

這條街上當然不會有猛虎，卻有個比猛虎更可怕的人。

馬車已駛入了一家客棧的院子。

這家客棧的字號是「鴻賓」，也正和葉開在城裡投宿的那一家，完全一模一樣。

一個肩上搭著抹布，手裡提著水壺的夥計，已迎了上來：「戴總鏢頭是一個人來的？」

戴高崗勉強笑了笑，道：「只有一個人。」

夥計臉上全無表情：「房間早已替總鏢頭準備好了，請隨我來。」

後面的跨院裡，有七間很寬大的套房，也正和玉簫道人住的那個跨院一樣。

前面的客廳裡，桌上已擺好了一壺酒，一個很精緻的七色拼盤。

一個人正背對著門，在自斟自飲。

一個髮髻堆雲，滿頭珠翠，穿得非常華麗的絕代佳人。

戴高崗垂著頭走進來，垂著頭站在她身後，連大氣都不敢出。

她沒有回頭，慢慢的端起酒杯，淺淺的啜了口酒，才問道：「你一個人來的？」

戴高崗道：「是。」

「還有個人呢？」

「走了。」戴高崗的聲音已在發抖。

這絕色麗人已緩緩的回過頭，臉上帶著種仙子般的微笑。

上官小仙！

她當然就是上官小仙。

戴高崗看見了這仙子般美麗的女人，卻遠比看見了惡魔還恐懼。

上官小仙看著他，柔聲道：「你難道是在說，葉開已走了？」

戴高崗點了點頭，牙齒打戰，似已連話都說不出。

上官小仙道：「我要你替他準備的那碗參湯，他沒有喝？」

「他……他喝了。」

上官小仙道：「然後呢？」

戴高崗道：「然後我就扶他上了車。」

雖然是嚴冬，但他卻已滿頭大汗。

上官小仙道：「在車上他睡著了沒有？」

戴高崗道：「睡著了。」

上官小仙道：「他的傷勢怎麼樣？」

戴高崗道：「傷得不輕。」

上官小仙嘆了口氣，道：「這我就不懂了，一個受了重傷，又睡著了的人，你怎麼會放他走的。」

戴高崗接著道：「我……我沒有放他走。」

上官小仙道：「我也知道是他自己要走的，可是你難道就不能留住他？」

戴高崗的汗愈擦愈多：「他走的時候，我根本不知道。」

上官小仙道：「你跟他不是坐一輛車來的？」

戴高剛道：「是。」

上官小仙道：「這又奇怪了，你跟他坐在一輛車上，他走的時候，你怎麼會不知道？」

戴高崗道：「因爲……因爲……因爲我也睡著了。」

他終於鼓足了勇氣，說出了這句話。

上官小仙忽然笑了，笑得又溫柔，又甜蜜：「我知道你一定也很累，最近你一直都忙得很。」

戴高崗臉上已無人色：「我……我不累，一點也不累。」

上官小仙柔聲道：「你的應酬那麼多，不但要應酬客人，還得要應酬那些大大小小的妖精，怎麼會不累呢？」

她輕輕嘆息著，又道：「我想你已經應該好好的休息一陣子了，我就先讓你休息二十年吧。」

戴高崗失聲道：「二……二十年？」

上官小仙淡淡道：「二十年後，你一定又是條生龍活虎般的好漢了。」

她掌裡拿著雙鑲銀的象牙筷子，忽然向戴高崗咽喉點了過去。

戴高崗沒有閃避。他不敢閃避，也根本不能閃避。

上官小仙的出手，這世上已很少有人能閃避得開。

但是，就在這一刹那間，突然有刀光一閃。

「叮」的一聲，上官小仙手裡的象牙筷子已從中而斷，刀光的勁力未絕，又飛了出去，「噹」的，釘在牆上。

一柄三寸七分長的刀。

飛刀！

飛刀釘在牆上，刀鋒竟已完全釘了進去。

一個人手扶著門，慢慢的走了進來。

葉開！

葉開居然還是來了。

他的飛刀出手，殺人的時候少，救人的時候多。

他的臉上也沒有什麼血色，掙扎著走過來，拍了拍戴高崗的肩：「你救我一次，我也救你一次，現在我們的人情已結清。」

上官小仙又笑了：「我說的果然不錯，你身上果然不止帶著一把刀的。」

葉開也笑了笑：「呂迪呢？」

上官小仙道：「他怎麼會追得上我？」她凝視著葉開，笑得更溫柔：「除了你之外，世上還有什麼男人能追得上我。」

這是句很有趣的雙關語，有趣極了。

葉開卻聽不懂。

——裝傻就是他拿手的本領之一。

他甚至連看都沒有看她，目光四面打量著，長長嘆了口氣，道：「這真是個好地方。」

上官小仙道：「你喜歡這地方？」

葉開道：「我若一直睡著，到現在才醒，一定以為還在城裡，一定想不到金錢幫的總舵會在這麼樣一個地方。」

上官小仙嘆道：「只可惜你好像是不肯好好睡一下的。」

葉開淡淡道：「我的應酬並不多，認得的妖精也只有一個，所以我總是不太累。」

上官小仙當然知道他說的妖精是誰，可是她裝傻的本事也絕不比葉開差。

她吃吃的笑著道：「我本來以為你會很累的，最近我看到你的時候，你總是在床上，床上的妖精，卻不止一個，所以特地叫人替你準備了碗參湯，養養你的元氣，誰知你居然不領情。」

葉開道：「我已領過了情。」

上官小仙眨著眼，道：「那碗參湯你真的喝了下去？」

葉開道：「只可惜那碗參湯下的補藥還不夠，若要叫我真的睡一覺，最少也得用十來斤補藥才行。」

上官小仙嘆了口氣，道：「這只怪我，竟忘了你是魔教中大公主的大少爺。」

葉開道：「所以你不能怪戴總鏢頭，我相信他自己都不知道自己是怎麼會睡著的。」

上官小仙道：「可是你知道。」

葉開道：「我一上車，就發現了他爲他自己一個人準備的酒菜。」

上官小仙道：「你身上難道也總是帶著能令人睡著的補藥？」

葉開笑了笑道：「我只不過吐了點口水在他雞腿上。」

上官小仙又笑了：「你的口水裡還有參湯？」

葉開道：「所以那條雞腿的滋味一定很不錯。」

戴高崗垂著頭，臉上的表情，就像是忽然被人塞了一嘴爛泥。

上官小仙道：「你怎麼知道這位戴總鏢頭是想帶你來找我的？」

葉開笑了笑，道：「口水裡的一點參湯，就能讓人睡著，那種參湯除了你之外，還有誰能做得出？」

上官小仙道：「你既然已走了，爲什麼還要來？」

葉開也嘆了口氣，道：「因爲我好像已沒有別的地方可去。」

這是實話。

十七 柔情蜜意

他自己知道自己的傷勢，若是留在長安城，很可能活不過今天。

——他正像是條被獵人們追逐的狐狸，長安城裡卻已有群鷹飛起。

上官小仙嫣然道：「你總算還有點良心，總算還知道只有我是真正對你好的。」

葉開道：「所以我根本就沒有走，我一直都留在車裡。」

戴高崗道：「你沒走？」

葉開笑了笑，道：「那車子很舒服，座位也很寬大，位子下又是空的，像我這種不太胖的人，正好可以舒舒服服的躺在裡面。」

戴高崗咬著牙，道：「我只有一件事還不明白。」

葉開道：「什麼事？」

戴高崗恨恨道：「你既然是準備要來的，為什麼要耍這一手花樣？」

葉開淡淡道：「因爲我不願別人將我看成個笨蛋，我無論要到什麼地方去，都得先弄清楚去的究竟是什麼地方。」

上官小仙又嘆了口氣，道：「現在你總算已知道這裡是什麼地方了。」

葉開笑道：「我說過，這實在是個好地方，連我都想不到。」

上官小仙嘆息著，道：「幸好現在我也明白了一件事。」

葉開道：「哦？」

上官小仙用眼角瞟著戴高崗，道：「我總算已知道真正的笨蛋是誰了。」

戴高崗道：「我……」

他只說出了這一個字。

這個字是開口音，他的嘴剛張開，突然發現銀光一閃，已射入他嘴裡。

他只覺得嘴裡甜甜的涼涼的，就好像吃了塊冰糖一樣。

上官小仙微笑道：「我知道你喜歡吃，天下殺人的暗器，絕沒有一樣比我這冰糖銀絲更甜，更好吃的了，你說是不是？」

戴高崗沒有回答。

他的臉突然變成死黑色，咽喉已突然被塞住，就好像有隻看不見的手，突然扼住了他的咽喉。

他的呼吸突然停頓。

他死的時候，嘴裡還是甜的。

這冰糖銀絲真甜，簡直甜得要命，甜得能死人。

上官小仙這人豈非也甜得很？

上官小仙笑得還是那麼甜，比冰糖還甜。

葉開卻沒有笑，也笑不出。

上官小仙道：「你不高興？」

葉開閉著嘴。

上官小仙道：「他救過你，你也救過他，你們的帳豈非已結清？我殺了他，跟你豈非也沒有關係。」

葉開忍不住道：「你至少不必在我面前殺他的。」

上官小仙道：「我一定要在你面前殺他。」

葉開道：「爲什麼？」

上官小仙道：「因爲我要你明白兩件事。」

葉開在聽。

上官小仙道：「你若想要一個笨蛋變得不比別人笨，只有一個法子。」

她微笑著，看著地上的戴高崗：「現在他豈非已不比別人笨了。」

死人就是死人，死人都是一樣的，既沒有特別聰明的死人，也沒有特別笨的死人。

上官小仙慢慢的接著道：「我還要你明白，我若要殺一個人，他就已死定了，世上絕沒有任何人能救得了他，連你也不能。」

葉開又閉上了嘴。

上官小仙看著他，忽又嫣然一笑，道：「你現在還活著，只因爲我根本就不想殺你，也不會拿冰糖銀絲給你吃的，你又何必閉著嘴？」

這倒不是假話。她若真的想殺葉開，機會實在多得很。

葉開卻在冷笑，他顯然並不領情。

上官小仙微笑著，又道：「其實你有時也笨得很，你爲什麼不用你的刀去對付呂迪？」

葉開又沉默了很久，才緩緩道：「因爲我想證明一件事。」

上官小仙道：「什麼事？」

葉開道：「我想知道韓貞究竟是不是死在他劍下的。」

上官小仙嘆道：「你若也死在他手下，就算知道了，又有什麼用？」

葉開也忍不住嘆了口氣，道：「我本來的確低估了他。」

上官小仙道：「他的武功比你想像中還高？」

葉開點點頭。

上官小仙道：「現在你已知道韓貞不是死在他劍下的？」

葉開又點點頭，道：「他若真的殺了韓貞，就一定也會殺我。」

上官小仙道：「他若真殺你時，你怎麼辦？」

葉開淡淡道：「你自己說過的，我身上帶的不止一把刀。」

上官小仙嫣然道：「所以我也說過，幸好他並沒有真的想殺你。」

葉開冷冷道：「對你說來，這並不好。」

上官小仙道：「有什麼不好？」

葉開道：「韓貞既不是他殺，就一定是你殺的，你殺了韓貞，再嫁禍給他，爲的就是想要我去跟他拚命。」

上官小仙凝視著他，美麗的眼睛裡，帶著種誰也說不出是什麼表情的表情，過了很久才慢慢的說道：「你真的認爲一定是我殺了韓貞？」

葉開也在盯著她，道：「除了你，我想不出第二個人。」

上官小仙道：「可是我真的沒有殺他。」

葉開冷笑。

上官小仙道：「你不信？」她輕輕嘆息了一聲：「我就知道你不會相信的，現在無論我說什麼，你都不會相信。」

葉開承認。

上官小仙道：「可是假如我能證明我沒有殺他，你怎麼樣？」

葉開道：「你能證明？怎麼證明？」

上官小仙道：「我當然有法子。」

葉開冷笑道：「我就知道你有法子，你甚至有法子可以證明韓貞是我殺的了。」

上官小仙道：「我有證據。」

葉開道：「我也知道你有證據，你隨時都可以製造出幾百個證據來。」

上官小仙道：「我只有一個證據，我拿出這個證據來，你若還是不相信我，我就情願讓你殺了我，替韓貞復仇。」

她說得太肯定，太有把握。

葉開幾乎已被她打動了，但立刻又警告自己，絕不能相信：「無論你拿出什麼證據來，我都絕不會相信。」

上官小仙道：「你若萬一相信了呢？」

葉開道：「你若真的能使我相信你沒有殺韓貞，我就……」

上官小仙道：「你就怎麼樣？」

葉開道：「隨便你怎麼樣。」

上官小仙嘆息著，道：「你知道我絕不會對你怎麼樣的，我既不想殺你，也不想傷你的心，我只不過要你答應我一件事。」

葉開道：「什麼事？」

上官小仙道：「一件既不會害到別人，也不會害到你自己的事。」

葉開道：「好，我答應。」

他絕不相信上官小仙能拿得出那種證據來，世上幾乎已沒有任何一件事，沒有任何一個人能讓他相信上官小仙的話。

可是他想錯了。這世上還有一個人，能證明上官小仙並沒有殺韓貞的。

這個人是誰呢？

這個人就是韓貞自己。

韓貞並沒有死，他居然又活生生的出現在葉開眼前。

上官小仙招了招手，他就從後面走了出來，手裡還捧著一罈酒，微笑著走到葉開面前，道：「酒我總算已替你找到了，若是還不夠，我還可以替你去拿。」

葉開怔住。

這次他的確是真的怔住。

上官小仙笑道：「這個人是不是韓貞？」

當然是。

葉開看得出這個人的鼻子上，還留著被他一拳打過的傷痕。

上官小仙道：「他是不是還活著？」

他當然還活著。

上官小仙道：「韓貞既然還活著，我就沒有殺韓貞。」

這道理也正如一加一等於二同樣簡單，同樣正確。

上官小仙輕輕吐出口氣，悠然笑道：「現在你總該相信我沒有殺他了吧。」

葉開沒有說話。

他現在當然已明白，死的那個人，並不是韓貞。

上官小仙道：「你認得韓貞，我若將一個人易容改扮成他的樣子，絕對瞞不過你的。」

世上並沒有那麼精妙的易容術。

一個人若真的能改扮成另外一個人，連他自己的親人朋友都能瞞過，那就沒有易容術了。

那就已經是神話，奇蹟，而且是很荒謬的神話，絕不可能發生的奇蹟。

上官小仙道：「但是那天晚上你見到那個『韓貞』時，他的臉已被打毀了，所以才瞞過了你。」

葉開只有苦笑，苦笑著道：「看來金錢幫的人才，果然不少。」

上官小仙笑道：「的確不少。」

葉開道：「你先將一個人易容改扮成韓貞，再打毀他的臉，叫他來騙我？」

上官小仙道：「是韓貞自己動手打的，他的拳頭也很硬，至少比我硬。」

葉開嘆道：「但我卻還是想不通，怎麼會有人肯替你做這種事，挨了一頓毒打後，還替你去騙人。」

上官小仙道：「你剛才從車廂裡出來時，看見外面那些人沒有？」

葉開點點頭。

上官小仙點了點頭，道：「只要我隨便吩咐一聲，無論什麼事，他們都肯去為我做的。」

葉開道：「等他們的事做完了之後，你還是一樣要殺了他們。」

上官小仙淡淡道：「我本就是個心狠手辣的女人，那些人的性命，在我看來，根本就一文不值。」

她凝視著葉開，靈活的眼睛裡又露出種奇怪的表情，輕輕的接著道：「可是我對你……我對你怎麼樣，你自己心裡也該知道。」

葉開冷冷道：「現在我只想知道，你要我做的究竟是什麼事。」

為了要讓葉開相信韓貞是死在呂迪劍下的，她不惜殺人。

現在為了要讓葉開相信她沒有殺韓貞，她又不惜讓韓貞再活著出現。

為了讓葉開相信韓貞是朋友，她已不知費了多少心血。可是現在她的一切心血，顯然已白費了。

現在葉開當然已知道，韓貞也是金錢幫中的人，她所做的一切，只不過要葉開答應她一件事。這件事究竟是件什麼樣的事？

葉開連想都不敢想。

他知道無論什麼稀奇古怪的事，上官小仙都能想得出來的。

上官小仙還在凝視著他，慢慢道：「我只要你答應我，留在這裡，等你的傷口結了疤之後再走。」

葉開道：「就是這件事？」

上官小仙道：「就是這件事。」

葉開又怔住。

她自己也承認自己是個心狠手辣的女人，別人的性命，在她眼中看來，根本一文不值。

她花了那麼多的心血，犧牲了那麼多代價，爲的只不過要葉開答應她這麼樣一件事。

這件事非但沒有傷害到任何人，對葉開也只有好處。

她算來算去，爲的竟不是自己，而是葉開。

葉開看著她，心裡忽然湧起一種他自己也無法瞭解的感情。

——我對別人雖然心狠手辣，可是我對你怎麼樣，你自己心裡也很明白。

葉開一直不明白，就算明白也一直不能相信，不願相信。

可是現在他已不能不相信。

上官小仙本可乘此機會，用各種稀奇古怪的法子來折磨他的。

她看著葉開時，眼睛裡露出的那種情感，難道是真的？

那至少有幾分是真的。

上官小仙悠悠的又說：「我本來有很多種法子可以把你留在這裡的，但是我不願勉強你，所以我才要你自己答應。」

葉開終於長長的嘆息了一聲，道：「我本來就已答應。」

後院裡有個小小的廚房，廚房裡傳來了一陣陣粥香。

上官小仙正在廚房裡替他煮粥，是用人參燉的雞粥：「我本來想在粥裡加點人參的，可是我……」

葉開忽然想起了崔玉真，想起了崔玉真爲他燉的粥。

她的確是個善良而可愛的女孩子，她的身世卻又偏偏那麼悲慘，遭遇偏偏又那麼不幸。

現在她更已不知道遭遇到什麼事。

還有丁靈琳。

現在她是不是已恢復了神智？郭定是不是還在照顧著她？她的人在哪裡？……

她若知道自己一刀刺傷了葉開，她的痛苦一定比葉開的刀傷更深。

這些事，本都是葉開不願去想的，卻又偏偏不能不去想。

可是他想了又能怎麼樣？

他已答應了上官小仙，他的傷勢遠比他想像中更嚴重。

剛才他一直在提著一股勁，這一躺下來，他才知道，剛才能支持那麼久，實在是奇蹟。

他不但傷口在痛，全身的筋骨都在痛，又痠又痛。

上官小仙已捧著碗粥走進來，嫣然道：「這是我自己親手做的，你嚐嚐看怎麼樣？」

她居然也會下廚房？居然會燉粥？

「過兩天等你稍爲好一點時，我再下廚房炒幾樣菜給你吃，我保證連鴻賓樓的大師傅，也沒有我的手藝好。」

粥的滋味果然不錯，葉開也實在餓了。

上官小仙又笑道：「這粥裡也有補藥，可不是那種吃了要人睡覺的補藥，是真正的補藥。」

她已洗盡了脂粉，換上了套很樸素的青布衣裙，現在無論誰看見她，都絕不會相信她就是金錢幫的幫主，更不會相信她是那種心狠手辣的女人。

現在她就像是又變了一個人。

她從一個白癡，變成了一個惡魔，現在又變得像是個溫柔百依百順的妻子，節儉而能幹的主婦。

葉開看著她，現在連他都分不清真正的她，究竟是個什麼樣的女人了。

也許每個人都有兩種面目的。

每個人都有善良的一面，也有邪惡的一面，連葉開自己都不例外。只不過他總是能將邪惡的那一面控制得很好而已。

他是不是也能讓上官小仙將邪惡的那面鎖起來呢？

他沒有把握，但他卻已決心要試一試。

上官小仙餵完了粥，正在看著葉開胯骨上的傷，輕輕嘆息著，道：「你的傷勢真不輕，看來呂迪那隻手，簡直就像是鐵打的。」

葉開苦笑道：「不像是鐵打的，手上絕沒有那麼可怕的鐵。」

上官小仙嘆息著，慢慢道：「我本來的確是想讓你去找呂迪替韓貞復仇，我想要你替我殺了他。」

葉開在聽著。

上官小仙道：「現在小李探花、飛劍客和荆無命雖然可能還活著，但卻已絕不會再過問江湖中的事了。」

這三個人已不算是真正活在紅塵中的人，他們的行蹤已進入了神話。

上官小仙道：「除了他們三個人之外，這世上真正能威脅到我的人，也只有三個人。」

葉開忍不住問道：「哪三個？」

上官小仙眨了眨眼，道：「你猜呢？」

葉開笑了笑，道：「你當然也把我算在裡面了。」

上官小仙道：「我沒有。」

葉開怔了怔，又忍不住問道：「我難道不能算是高手？」

上官小仙嫣然道：「若論武功，你當然是絕對的高手，若論聰明機智，你也絕不比任何人差，你的飛刀，也是小李飛刀之後，世上最可怕的一種武器。」

這是實話。

葉開從不打斷別人的實話，更不願打斷別人在稱讚他的話。

無論如何，被人稱讚是件很愉快的事。

上官小仙道：「可是你的心不夠黑，手段也不夠毒辣，你的飛刀出手，總是救人的時候多，殺人的時候少。」

葉開笑了笑，道：「所以我不能威脅你。」

上官小仙凝視著他，柔聲道：「我認爲你不能威脅我，最重要的，還是因爲……因爲我們是朋友，我絕不會真的傷害你，我相信你也不忍傷害我。」

她的眼睛溫柔而真誠，無論誰在說話時，都不會有這麼真誠的眼睛。

葉開心裡忽然又湧出一種他自己也不願承認的感情，立刻改變話題，道：「我既然不算，東海玉簫算不算其中一個？」

上官小仙道：「不算。」

葉開皺眉道：「他也不算？」

上官小仙道：「三十年前，他已能列名在兵器譜中的前十名之內，現在又似已入了魔教，他的武功當然很可怕，但卻不能威脅於我。」

葉開道：「爲什麼？」

上官小仙道：「因爲他已走了。而且他有弱點。」

葉開道：「玉簫好色。」

上官小仙笑了笑，道：「所以我一點也不怕他，只要是好色的人，我就有法子對付。」

這也是實話。

她不但極美，極聰明，而且冷酷無情，這種女人恰巧正是好色之徒的剋星。

一個年輕美麗的女人，本就有很多法子去對付一個好色的老人。

這世上本就有很多極有智慧的老人，會被一個最愚昧的少女騙得家破人亡，身敗名裂。

葉開心裡在嘆息。

他知道玉簫遲早總要死在上官小仙手上的，他同情的並不是玉簫，而是那些總不肯承認自己對少女失去吸引力的老人。

「玉簫不能算，郭定呢？」

上官小仙道：「郭定也不能算。」

葉開不同意道：「據我所知，他的劍法之高，已不在昔年的嵩陽鐵劍之下。」

上官小仙道：「他的劍法很可能已在郭嵩陽之上，南宮遠已算是武林中的一流劍客，卻連他十招都接不住。」

葉開道：「那一戰你看見了？」

上官小仙道：「當世武林高手的決戰，我只要能趕上，就絕不會錯過的。」

葉開微笑道：「有時你甚至會在牆外偷偷的看。」

上官小仙嫣然一笑，道：「他的出手威猛而沉著，變化也很快，幾乎已可算是無懈可擊，可是他的人也有弱點。」

葉開道：「哦？」

上官小仙道：「他太多情。」

葉開不能不承認，郭定的確是個多情的人。

他的外表看來，雖然堅強而冷酷，其實卻是個感情很豐富，很容易激動的人，有時甚至還有點多愁善感。

上官小仙道：「多情的人，就難免脆弱，一個人的本身若是很脆弱，無論他的劍法多麼堅強，都已不足懼。」

葉開嘆了口氣。

他想到了郭定，就想到了丁靈琳，丁靈琳不但多情，而且癡情。

他不願再想下去：「珍珠城主呢？」

上官小仙道：「珍珠城主兄妹，的確可以算得上是奇人，他們的劍法之奇，也可稱是天下第一。」

葉開道：「聯珠四百九十劍？」

上官小仙點點頭，道：「這兄妹兩人，生具異像，一個右臂比左臂長七寸，一個左臂比右臂長七寸，一手使長劍，一手使短劍，而且本是孿生兄妹，心意相通，聯手攻敵，兩個人就像是一個人，劍法施展開來，一前一後好像變成了四個人。」

葉開道：「據說他們的聯珠四百九十劍，只要一發動，天下無人能破。」

上官小仙道：「非但無人能破，而且世上也很少有人能接得住他們這四百九十劍。」

葉開道：「他們算不算？」

上官小仙道：「不算。」

葉開很意外：「他們也不算？爲什麼？」

上官小仙道：「因爲他們已死了。」

葉開更意外：「幾時死的？怎麼死的。」

上官小仙淡淡道：「每個人都難免要一死，你又何必驚奇。」

葉開道：「他們的人雖已死，可是他們的劍法並沒有死。」

上官小仙道：「他們的劍法縱然能留傳，可是到哪裡才能找到他們那樣一雙奇特的兄妹，來練他們那種奇特的劍法？」

葉開又不禁嘆息。

古往今來，也不知有多少絕世的劍法，也都正如這聯珠四百九十劍，彷彿曇花一現，就已成絕響。

上官小仙道：「你若一直往這些名人上面去想，就永遠不會說對的。」

葉開道：「你說的那三個人，難道都不是名人？」

上官小仙道：「至少不是這種名人。」

葉開沉吟著，忽然問道：「你知不知道傅紅雪？」

上官小仙道：「我知道，他是你的朋友，也可以算是你的兄弟，他的人很怪，刀法也很怪。」

葉開道：「不是怪，是快，快得驚人。」

上官小仙道：「我見過他出手。」

葉開道：「哦！」

上官小仙道：「他出手那一刀的快與準，已可和昔日的飛劍客前後輝映，可是——」

葉開道：「可是他還不能算？」

上官小仙道：「不能。」

葉開道：「爲什麼？」

上官小仙道：「因爲他根本已不願再出江湖，他對人生都似已很厭倦，他只想做個與人無爭的隱士，並不想做名揚天下的英雄，何況，他還有種可怕的惡疾，就像是他的附骨之疽。」

這次上官小仙又沒有說錯。

她對當世英雄的武功來歷，性格脾氣，竟全都瞭如指掌。

她不但分析得很清楚，而且判斷極正確。

最可怕的是，無論誰只要有絲毫弱點，都絕對瞞不過她的。

葉開當然覺得她又變了，又已從一個賢慧的妻子，變成了一個對天下大事都瞭如指掌的縱橫家，變成了一個決勝於千里外的兵法家。

她甚至已變得有點像是在青梅園中，煮酒論英雄的曹操。

這變化實在太大。

葉開本來已覺得很疲倦，聽了她這番話，精神卻似突然振奮起來。

他忍不住再問：「你說的那三個人，究竟是誰？」

「我說的這三個人，才真正是世上最可怕的人，因爲他們幾乎已沒有弱點。」

上官小仙眼睛裡忽然發出了光，接著道：「第一個人姓墨，叫墨五星。」

葉開道：「墨五星？」

上官小仙道：「你沒有聽說過這個人？」

葉開道：「他也是青城墨家的人？」

上官小仙點點頭道：「他才真正是那些青城死士的主人，墨白也只不過是他的奴才而已。」

墨白也已可算是個很可怕的人，但卻只不過是這人的奴才。

「你殺了我，我的主人一定會要你死得更慘的……」

想到了墨白臨死前的詛咒，想起了他那種淒厲的表情，連葉開心裡都不禁覺得有點發冷。

「這墨五星究竟是個怎麼樣的人？他的武功究竟怎麼樣？」

上官小仙道：「我說不出。」

葉開道：「你也說不出？」

上官小仙嘆了口氣，道：「就因爲我也說不出，所以才可怕。」

她接著又道：「別的姑且不說，他手下至少有五百人，隨時都可以爲他去死，就憑這一點，你已可想像他是個多麼可怕的人了。」

想到那些死士們從容就死時的悲壯慘烈，葉開又不禁毛骨悚然。

上官小仙道：「我說的第二個人，你已跟他交過手。」

葉開道：「呂迪？」

上官小仙道：「不錯，呂迪，你也許一直都低估了他。」

葉開苦笑道：「至少我現在已不能再低估他，我已幾乎死在他手下。」

上官小仙道：「但你卻還是不會知道，他真正可怕的地方在哪裡。」

葉開道：「哦？」

上官小仙道：「他的武功你已見過，你覺得怎麼樣？」

葉開道：「他防守時無懈可擊，攻擊時一發如雷霆，而且，出手機變巧詐，竟能先佈好圈套，引人上鈎。」

上官小仙道：「但你的飛刀若出手，他還是未必能閃避得開。」

葉開沒有承認，卻也沒有否認。對他的飛刀，他自己從來不願評論。

上官小仙道：「這人最可怕之處，一共有十六個字，你只說出了四個。」

葉開道：「哪四個？」

上官小仙道：「機變巧詐。」

葉開道：「還有十二個是什麼字？」

上官小仙道：「深沉冷酷，機變巧詐，心如豺狼，貌似君子。」

葉開笑道：「他還是個年輕人，這十六個字，說得也許過份了些。」

上官小仙忽然問道：「你可知道他爲什麼能擊敗你？」

葉開搖搖頭。他不是不知道，只是不願說。

上官小仙卻替他說了出來：「他能勝你，只因爲你的飛刀未出手。」

她又問：「但你知不知道，你的飛刀爲什麼會沒有出手？」

這次葉開想說話，上官小仙卻不讓他說出來，就已搶著道：「因爲他自己先將劍擲了出去，你當然不能再用刀。」

葉開道：「難道他先就已算準了這一點，所以根本不用劍的。」

上官小仙道：「不錯。」

葉開道：「可是他自己也再三聲明，他的手也是殺人的利器。」

上官小仙道：「那只因爲他已算準了你是個什麼樣的人，他知道愈是這樣說，你愈不會再使出飛刀來的，所以樂得故作大方。」

葉開苦笑。

上官小仙道：「你可知道最後他爲什麼不殺你？」

葉開道：「因爲……」

上官小仙又打斷了他的話，道：「因爲他知道自己若是真的要下殺手，你的飛刀也可能出手的，他當然也知道你身上帶的不止一把刀。」

葉開道：「可是，他最後又和我再度邀戰……」

上官小仙道：「他這次已對你手下留情，下次縱然再戰，你能對他下殺手？」她笑了笑，又道：「何況，經過這一戰之後，你已覺得他是個英雄，已對他起了惺惺相惜之心，以後他縱然還要逼你出手，你也會盡量避免的。」

葉開不能否認。

上官小仙道：「所以他不但擊敗了你，不但交了你這麼樣一個有用的朋友，還博得了必將傳揚天下的俠義名聲。」

她慢慢的接著道：「所以我才說他，深沉冷酷，機變巧詐，心如豺狼，貌似君子。這十六個字，一點也沒有錯。」

葉開只有苦笑。

上官小仙道：「他不但有權術，有城府，還有陰謀，有野心。」

葉開道：「所以你才希望我能替你殺了他。」

上官小仙承認：「這個人活在世上，對我的確是種威脅。」

葉開道：「你也沒法子對付他？」
上官小仙嘆道：「至少直到現在，我還沒有想出個萬無一失的法子。」
葉開道：「所以你認爲他比墨五星更可怕？」
上官小仙點點頭，道：「但是最可怕的，卻還是第三個人。」
葉開道：「第三個人又是誰？」
上官小仙道：「韓貞。」
葉開怔住。
上官小仙道：「你想不到是他？」
葉開又在苦笑：「他的確是很陰沉，很有機謀的人，可是……」
上官小仙道：「可是你卻不相信他會比墨五星和呂迪更可怕。」
葉開承認。
上官小仙道：「你認爲他的武功太差？」
葉開也承認。
上官小仙道：「你有沒有把握能擊敗他？」
葉開道：「我……」
上官小仙道：「你沒有把握，因爲你根本不知道他的武功是不是真的比你差，世上也許還沒有人知道他真實的武功究竟怎麼樣。」

葉開道：「你也不知道？」

上官小仙道：「我也不知道。」

葉開沉吟著，道：「你認爲他並不是真的對你忠心？」

上官小仙道：「我沒有把握。」

葉開道：「但你卻一直將他留在身邊。」

上官小仙道：「因爲直到現在爲止，我還沒有發現他對我做過一點不忠的事，我根本就抓不到他一點錯。」

葉開道：「也許他根本就對你很忠實，也許你對他的疑心根本就錯了，女人的疑心病本就比較大。」

上官小仙道：「但女人卻有種奇異的感覺。就好像有第三隻眼睛一樣，往往能看出一些男人看不出的事。」

葉開道：「你看出了什麼？」

上官小仙道：「我早已感覺到，在我最親信的幾個助手中，有一個是奸細，只要我一不小心，就可能毀在他手裡。」

葉開道：「你懷疑這個人就是韓貞？」

上官小仙道：「因爲他的嫌疑最大，我甚至懷疑他是魔教的四大天王之一。」

葉開道：「但你卻沒有證據。」

上官小仙嘆道：「連一點證據都沒有。」

葉開道：「所以真正的奸細也很可能不是他，是別人。」

上官小仙道：「就因爲我完全沒有把握，所以我一直不能對他下手，他的確幫我做過很多事，的確是個好幫手，我若不明不白的除去了他，不但別人看見要寒心，我自己也覺得可惜。」

葉開淡淡道：「看來這『金錢幫』的幫主，並不是容易當的。」

上官小仙道：「的確不容易。」

葉開道：「那麼你爲什麼一定要做這種又吃力，又危險的事？」

上官小仙目光凝視遠方，過了很久，才徐徐道：「因爲我是上官小仙，是上官金虹的女兒。」

葉開道：「所以你只有等著那個奸細先對你下手？」

上官小仙點點頭，長嘆道：「我只有等著他先出手。」

葉開道：「他的出手一擊，很可能毀了你。」

上官小仙道：「很可能。」

葉開道：「所以你想安心的睡一晚上，卻不容易。」

上官小仙的目光已自遠方收回，正凝視著他，緩緩道：「這些年來，我只有在你陪著我的那幾個晚上才能安心的睡著。」

葉開避開了她的目光，冷冷道：「那是以前的事了，那時我還不知道你是個怎麼樣的人，現在……」

上官小仙握住了他的手，道：「現在也一樣，只要你肯留在我身邊，我就什麼人都不怕了。」

葉開道：「你不怕我……」

上官小仙道：「我不怕你，我信任你，我這一輩子，真正信任的只有你一個人。」她的聲音溫柔如春風，慢慢的接著道：「只要我們兩個人能在一起，就算有十個呂迪，十個韓貞一起來對付我，我也有把握能將他們打回去，只要我們在一起，這天下就是我們的。」

葉開沒有再開口，連眼睛都已闔起。他居然睡著了。

上官小仙凝視著他，也不知過了多久，才輕輕的放下他的手，輕輕的走了出去；她看著葉開的時候，眼睛裡充滿了自信，好像已知道這個人是屬於她的，看來她竟似已有非常的把握。

韓貞低著頭，垂著手，肅立在院子裡，也等了很久，因為上官小仙要他在這裡等。

上官小仙就算要他站在熱鍋上等，他也絕不會移動半步，他的服從和忠心，令人不能不感動。

上官小仙正走下石階，看著他，眼睛裡也不禁露出滿意之色。

無論多挑剔的人，有了這麼樣一個幫手，都已該心滿意足。

上官小仙道：「我要你找的人，你已找齊了？」

韓貞點點頭，道：「都已找齊了，都在外面等著。」

上官小仙道：「叫他們進來。」

韓貞拍了拍手，外面竟有十來個人走了進來，其中有男有女，有老有少，有貨郎，有小販，有三姑六婆，也有市井好漢，他們的裝束打扮雖不同，其實卻是同一種人。

金錢幫門下，只有一種人——絕對忠心，絕對服從的人。

上官小仙說的話，就是命令。這次她的命令很簡單：「到長安城去，傳播葉開的死訊，無論你們用什麼法子，只不過一定要令人相信葉開已死了，只要還有一個人認爲葉開是活著的，你們就得死。」

她的命令雖簡短，卻有效。看著這些人走出去，她眼睛裡又不禁露出了滿意之色。叫這些人去傳播謠言，就等於要蜜蜂去傳播花粉一樣容易。她知道她這次的計劃也一定同樣有效。

十八 相見恨晚

「葉開死了！」

「葉開怎麼會死？」

「每個人都會死的，葉開也是人。」

「但他卻是個很不容易死的人，據說他已可算是天下第一高手。」

「天下第一高手也一樣會死的，以前那些天下第一高手豈非就全都死光了。」

「……」

「高手中永遠還有高手，一個人若是做了天下第一高手，死得也許反而比別人快些。」

「但我卻還是想不出有誰能殺他。」

「是兩個人殺了他的。」

「哪兩個人？」

「一個是呂迪。」

「呂迪？是不是武當的『白衣劍客』呂迪？」

「就是他。」

「他的武功比葉開高？」

「那倒不見得，葉開若不是已先傷在另一個人手下，這次絕不會死。」

「有誰能傷得了他？這個人又是誰？」

「是個女人，據說她本來是葉開最喜歡的女人。」

「爲什麼像葉開這麼聰明的人，也會上女人的當？」

「因爲英雄最難過美人關的。」

「這個女人是誰？」

「她姓丁，叫丁靈琳！」

丁靈琳睡在床上，屋子裡很陰暗，被窩裡卻是溫暖的。她已睡了很久，但卻一直連動都沒有動。

她覺得很疲倦，就像是剛走完一段又遠又難走的路，又像是剛作了一個非常可怕的噩夢。

在夢中，她好像曾經用力刺了葉開一刀。

那當然只不過是夢。她當然絕不會傷害葉開的，她寧可自己死，也不會傷害葉開。

屋子裡有了腳步聲。

「莫非是葉開？」

丁靈琳真希望自己一張開眼，就能看到葉開，可惜她看見的卻是郭定。

郭定的臉色看來也很疲倦，很憔悴，可是眼睛裡卻帶著歡喜欣慰之色：「你醒了……」

丁靈琳不等他說完這句話，就已搶著問道：「這裡是什麼地方？我怎麼會到這裡來的？葉開呢？」

郭定道：「這裡是客棧，你中了玉簫的迷藥，我救你到這裡來的。」

玉簫突然出現，當著葉開的面將她劫走，這些事丁靈琳當然還記得。以後又發生了什麼事？郭定是怎麼救她出來的？她就完全不清楚了。

可是她也不關心。她關心的只有一個人：「葉開呢？葉開在不在這裡？」

郭定搖搖頭：「他不在，我……我一直沒有見到過他。」

他沒有說出真相，因爲他生怕丁靈琳還受不了這種刺激。

她若是知道自己一刀刺傷了葉開，會多麼悲傷痛苦，郭定連想都不敢想。

丁靈琳的臉色沉了下去，道：「你一直沒有見到葉開？是不是因爲你一直沒有去找他？」

郭定只有承認。

丁靈琳冷笑道：「你把我救到這裡，卻不去告訴他，你這是什麼意思？」

郭定無法回答。他自己也不瞭解自己是什麼意思。

他似乎是素不相識的人，但他卻陪著葉開，冒險去救出了她。

爲了怕玉簫找去，他才將她帶到這裡來，爲了照顧她，他已在這陰暗的斗室中耽了三天，也不知受了多少苦，多少委屈。

一個神智已完全喪失的女人，並不是容易侍候的，何況他本就沒有侍候別人的經驗。

這三天來，他幾乎連眼睛都沒有闔起過，換來的卻是她的冷笑和懷疑。

可是他寧願被懷疑，也不願說出真相，不願她再受刺激。

丁靈琳還在瞪著他，冷冷道：「我在問你的話，你爲什麼不開口？」

郭定還是不開口。

他不能開口，他心裡的話連一個字都不能說出來。

丁靈琳的手在被窩中摸索——她身上還是穿著衣服的。

所以她的臉色總算已稍微好看了些，卻又問道：「我已在這裡躺了多久？」

郭定道：「好像已經快三天了。」

丁靈琳幾乎跳了起來：「三天，我已在這裡躺了三天？你也一直都在這裡？」

郭定點點頭。

丁靈琳眼睛瞪得更大了：「這三天來，我難道一直都是睡著的？」

郭定道：「是的。」

他說的聲音很輕，因爲他說的是謊話。

這三天來，丁靈琳並不是一直睡著的，她做過很多事，很多令人意想不到，哭笑不得的事。

這些事只有郭定一個人知道，他永遠也不會再向別人提起。

丁靈琳咬著嘴唇，遲疑了很久，終於還是忍不住說道：「你呢？」

郭定道：「我？」

丁靈琳道：「我睡著的時候你在幹什麼？」

郭定苦笑道：「我沒有幹什麼。」

丁靈琳彷彿鬆了口氣，卻還是板著臉道：「我希望你說的不假，因爲你若是在說謊，我遲早總會查出來的。」

郭定只有聽著。

丁靈琳道：「你救了我，我以後會報答你，但我若查出你在說謊，我就要你的命。」

她竟似連看都懶得再看郭定一眼，冷冷道：「現在我只希望你出去，快點出去。」

郭定也沒看著她。

他心裡在問自己：「我究竟是在幹什麼？我爲什麼要受這種侮辱委屈？」

他走了出去，頭也不回的走了出去。

看著他瘦削疲倦的背影消失在門外，丁靈琳反而不禁有些歉意。

她並不討厭這個人，也並不是不知道這個人對她的感情。

可是她只有裝作不知道，她絕不能讓這種感情再發展下去。

因爲她心裡只有一個人。

葉開！

她一定要趕快找到葉開。

她第一個要找的地方，當然是鴻賓客棧。

可是鴻賓客棧裡的人看見她，都好像看見了鬼，又厭惡，又恐懼。

一個用刀刺傷了自己情人的女人，無論走到哪裡，都不會受歡迎的。

「你們有沒有見到那位葉公子？」

「沒有。」

「你們也不知道他到哪裡去了？」

「不知道——葉公子的事，我們完全不知道，你爲什麼不到鏢局裡去打聽打聽？」

於是丁靈琳就到了虎風鏢局。

虎風鏢局的鏢頭們聽見「丁靈琳」這名字時，表情也和鴻賓客棧的夥計們差不多。

「我們和葉大俠一向沒有來往，但若要打聽他的消息，不妨到八方鏢局去，那裡的總鏢頭『鐵膽震八方』戴高崗，聽說是葉大俠的生死之交。」

丁靈琳心裡在奇怪，爲什麼她一直沒有聽說葉開有這麼一個「生死之交」的朋友？她想再問，也沒法子再問，她實在也很看不慣這些鏢頭們的臉色。

「不管怎麼樣，反正只要找到戴高崗，就可以問出葉開的下落了。」

她心裡總算覺得踏實了些，因爲她還不知道她已永遠沒法子再從戴高崗的嘴裡問出一句話來。

八方鏢局的院子裡，正有幾個夥計在洗刷著一輛黑漆大車。

一個身材很高，臉色很沉重的中年人，背負著雙手，站在石階上看著，正是這裡的副總鏢頭，「鐵掌開碑」杜同。

丁靈琳衝過去：「你就是戴高崗總鏢頭？」

她說話雖然不太客氣，臉色雖然不太好看，但她畢竟還是很美的女孩子，而且很年輕。

杜同上上下下打量了她兩眼，勉強笑了笑，道：「姑娘貴姓，找他有什麼事？」

「我姓丁，想找他打聽一個人。」

聽到「丁」字，杜同的臉色已變了：「你姓丁？莫非是丁靈琳？」

丁靈琳點點頭，道：「他在不在這裡？我想當面問他幾句話。」

杜同沉著臉，看著她，突然冷笑，道：「你是不是想找葉開？」

丁靈琳眼睛亮了道：「你也認得葉開？他在這裡？」

杜同冷冷道：「不錯，他在這裡，他是跟戴總鏢頭一起回來的，就是坐這輛車回來的。」

他臉上的表情顯然悲哀而憤怒，只可惜丁靈琳一點也沒有看出來。

只要想到能再見葉開，別的事她已全都不在乎。

「他們在哪裡？」

杜同冷笑著轉過身：「你跟我來。」

大廳裡陰森森的，就像是墳墓一樣，因爲這大廳現在本就已變成了墳墓。

丁靈琳一走進去，就看見了兩口棺材。

兩口嶄新的棺材，還沒有釘上蓋。

棺材裡有兩個人的屍體，沒有頭的屍體。

杜同冷冷道：「他們是一起坐車出去的，也是一起坐車回來的，只不過，他們的人雖然回來了，頭卻沒有回來。」

丁靈琳根本沒有聽清楚他說的話，她已認出了其中一具屍體上穿著的衣裳。

——生死之交！

——據說葉開和戴高崗是生死之交，他們是一起出去的，現在又一起躺在棺材裡。

丁靈琳只覺得整個屋子都在旋轉，鴻賓客棧的夥計和八方鏢局的鏢頭們，也都在圍著她旋轉，每個人臉上都帶著種殘酷的冷笑。

「他們早已知道葉開死了。」

「葉開難道真的死了？」

丁靈琳想放聲大哭，卻不知自己叫出來沒有。

陰森森的大廳，陰森森的燈光。

丁靈琳醒來時，發現自己還是躺在剛才倒下去的地方。

沒有人來扶她一把，也沒有人來安慰她一句。

杜同還是背負著雙手，站在那裡，冷冷的看著她，臉上帶著種說不出的憎惡之意。

丁靈琳勉強著站起來，咬著牙道：「他……他是死在誰手上的？」

杜同冷冷道：「你不知道？」

丁靈琳道：「我怎麼會知道？」

杜同道：「你應該知道的。」

丁靈琳大聲道：「你這是什麼意思，究竟是誰殺了他？」

杜同也在咬著牙，從牙縫裡吐出了兩個字：「是你！」

這兩個字就像是把鐵鎚，打得丁靈琳連站都站不住了：「是我？」

杜同冷冷道：「若不是你先一刀刺傷了他，他怎麼能敗在呂迪手下？戴總鏢頭若不是爲了要帶他去治傷，又怎麼會跟他一起死在車上？」

丁靈琳的心已碎裂，整個人都似碎裂。

她又想起了噩夢的事，又想起玉簫盯著她時，那雙充滿了邪惡的眼睛。

——快用這把刀去殺了葉開……

難道那不是夢？難道她竟真的做出了那種可怕的事？

丁靈琳不信，死也不信。

她衝過去，一把揪住了杜同的衣襟，嘶聲大呼：「你說謊。」

杜同冷冷道：「我是不是在說謊，你自己心裡應該知道。」

丁靈琳大叫：「我知道你在說謊，你再說一個字我就殺了你。」

杜同冷笑，突然出手，斜砍丁靈琳的肩。

他想不到丁靈琳的武功竟遠比他想像中高出很多。

他的鐵掌削出，丁靈琳已突然轉身，一個肘拳打在他肋骨上。

他的人立刻被打得撞在牆上，疼得彎下了腰。

丁靈琳卻已又衝了過去，一把將他揪了起來，嘶聲道：「你說，你是不是在說謊？」

杜同蒼白的臉，冷汗滾滾而出，不停的喘息著，突又冷笑道：「好，你殺了我吧，你連葉開都能殺，還有什麼人不能殺，只不過你就算殺了我，我還是只有這幾句話。」

丁靈琳突然鬆開了手，全身都在發抖，抖得就像是急風中的銅鈴。

大廳四周，彷彿有千百對眼睛在看著她，每雙眼睛裡都充滿了憎恨和厭惡。

「我本該殺了你，替戴總鏢頭和葉開報仇的，可是你這種女人，根本不值得我們殺你，你走吧……你走吧……你走吧……」

「我殺了葉開……我竟真的做出了這種可怕的事？」

丁靈琳掩著臉狂奔，奔出了鏢局，奔上了長街。

街道似在旋轉，天地似乎在旋轉。

她倒了下去，倒在街上。

街上的泥濘也是冰冷的，泥濘裡還帶著冰渣子，可是她不在乎。

街道上的人都在看著她，好像都已知道她是個殺人的女兇手。

她也不在乎。她希望自己能變做泥濘，讓這些人在她身上踐踏，她希望自己能變做飛灰，讓這刺骨的冷風將她吹散，散入泥濘中。

但這時卻有一隻手，將她拉了起來。一隻堅強穩定的手，一張充滿了悲傷和同情的臉。

她一直沒有流淚，她已連哭都哭不出，看到了這張臉，她的眼淚才泉水般的迸發。

郭定扶起了她，她卻已哭倒在他懷裡。

他讓她哭。他希望她的悲傷能發洩。

等她哭夠了時，她才發現自己又回到了那陰暗的斗室裡。

燈光昏黯，郭定正坐在孤燈下，看著她。他也並沒有說什麼安慰她的話，可是他的目光已是種安慰。

丁靈琳終於掙扎著，坐了起來，癡癡的看著那盞昏燈，也不知道過了多久，才癡癡的說道：「我殺了他……是我殺了他。」

郭定道：「不是你！」他的聲音溫柔而堅定：「這件事根本就不能怪你。」

丁靈琳道：「這件事你知道？」

郭定道：「是我和葉開救你出來的。」

丁靈琳道：「我刺他那一刀時，你也在旁邊看著？」

郭定道：「就因爲我在旁邊看著，所以我才知道那根本不能怪你，因爲，那時的你，已根本不是你自己。」

丁靈琳垂著頭，看著自己的手。不管怎麼樣，刀總是在這雙手上，這是事實，她自己知道自己心裡的歉疚和痛苦，是永遠無法解脫的。無論什麼人，無論用什麼話安慰她都沒有用。

郭定慢慢的接著又道：「你若想替葉開報仇，就不該再折磨你自己，我們應該去找的人是玉簫，是呂迪。」

丁靈琳道：「我們？」

郭定點點頭：「我們，我和你。」

丁靈琳道：「但這件事卻完全跟你沒有關係。」

郭定道：「怎麼會沒有關係，你是我的朋友，葉開也是我的朋友，你們的事就是我的事。」

丁靈琳霍然抬起頭，凝視著他，過了很久，才慢慢道：「你一直不肯將這件事告訴我，寧可忍受我的侮辱也不肯告訴我，爲的只不過怕我傷心。」

郭定道：「我……」

丁靈琳不讓他開口，搶著又道：「現在你要去替葉開報仇，也只因爲你知道我絕不是玉簫和呂迪的對手。」

郭定也低下頭，看著自己的手，因爲他不敢接觸她的眼波。

丁靈琳的眼睛裡已沒有淚：「你的意思，我已經完全明白，現在我也希望你也明白我的意思。」

郭定在聽著。

丁靈琳道：「這是我的事，我不想要你管，玉簫和呂迪無論是多麼可怕的人，我都有法子對付他們，也用不著你擔心。」

郭定忍不住問：「你有法子？」

丁靈琳握緊了雙拳，道：「我是個女人，女人要對付男人，總會有法子的。」

她的聲音也變得冷酷而堅定。她本是個天真而嬌美的女孩子，但現在似已突然變成了另外一個人。

郭定的心在往下沉。

他忽然覺得有種說不出的恐懼，他已感覺到丁靈琳一定會做出些很可怕的事。他想阻止，卻不知該怎麼樣阻止。

丁靈琳站起來，慢慢的走到小窗前，看著窗外的夜色。

夜色還不深。

她忽然回過頭問：「你身上有沒有銀子？」

郭定道：「有。」

丁靈琳道：「有多少？」

郭定道：「不少。」

丁靈琳攏了攏頭髮，道：「現在時候還不太晚，我想上街去買點東西，吃頓飯，你陪我去好不好？」

酒樓果然還沒有打烊，丁靈琳叫了七、八樣菜，她吃得很慢，還喝了點酒。

然後她就在長安城裡最熱鬧的一條街上閒逛著，買了些胭脂花粉，買了幾件色彩很鮮艷的衣服，還買了些價錢不貴，卻很好看的首飾。

這些東西本就是女孩子們最喜歡的，尤其是像她這種年紀的女孩子。

這些事本來就很正常。

可是，在她這種情況下，居然還有心情做這些事，就很不正常了。

她顯得很冷靜。

只有一個已下了極大的決心的人，才會忽然變得這麼冷靜。

她究竟下了什麼決心？

郭定心裡的那種想法更深了，但卻只有默默的跟著她走，什麼話都不能說。

無論她已下定決心要做什麼事，她畢竟還沒有做出來。

逛著逛著，忽然又逛到八方鏢局。

丁靈琳將手裡的大包小包全都交給了郭定，從從容容的走進去。

門口的鏢夥們，吃驚的看著她，居然沒有人來攔阻。

因爲他們都已發覺了這女孩子竟似忽然變了，變得太快，變得太可怕。

一個剛才是那麼悲慘，那麼激動的女孩子，竟會忽然變得如此冷靜，這簡直是件無法思議的事。

甚至連杜同看見她時，都覺得很吃驚：「你又來幹什麼？」

丁靈琳道：「我想請你去轉告玉簫道人和呂迪，他們若想找上官小仙，若想得到那些秘笈和寶藏，就叫他們明天中午，在鴻賓客棧等我。」

杜同道：「我……我怎麼能找得到他們？」

丁靈琳道：「想法子去找，若是找不到，你就最好自己一頭撞死。」

她的聲音也很平靜，嘴角甚至還帶著微笑。

但這種微笑卻比什麼表情都可怕，杜同竟連一句話都不敢說了。

丁靈琳已經從從容容的走出去，居然又找了個小麵館，吃了大半碗麵，又喝了一點酒。

她微笑著道：「今天我的胃口很好。」

看著她的微笑，郭定也連一句話都說不出了。

這時夜已很深，他們踏著嚴冬淒涼而平靜的夜色，慢慢的回到了小客棧，回到那間陰暗的斗室。

丁靈琳道：「我要睡覺了。」

郭定默默的點了點頭，正準備出去。

丁靈琳卻忽然笑了笑道：「你不必出去，這張床夠我們兩個人睡覺。」

郭定怔住。

丁靈琳卻已拉開了被褥：「你先睡進去，我喜歡睡在外面。」

她的聲音還是很平靜，卻像是母親叫孩子上床睡覺一樣。

郭定竟完全無法拒絕，只有直挺挺的睡下去，身子緊緊的貼著牆。

丁靈琳也睡了下去，微笑著道：「今天晚上我也許會作噩夢的，你最好不要被我嚇得跳起來。」

郭定點了點頭。

除了點頭外，他連動都不敢動。

丁靈琳忽然又輕輕的嘆了口氣，喃喃道：「你知不知道，我從來也沒有跟別的男人睡在一張床上過，我本來以為這一輩子再也不會跟別的男人睡在一張床上了……」

她的聲音愈說愈低，過了半晌，竟似已真的睡著。

夜很靜。她的呼吸很輕，輕得就像是春風。

郭定也倦了，也想睡一會兒；可是他怎麼能睡得著？

他的心從來也沒有像這樣亂過，他想起了很多事；很多他應該想的事，也有很多他不該想的事。

他作夢也沒有想到自己會跟丁靈琳睡在一張床上，也作夢都沒有想到，他跟一個女孩子睡在床上時，會像現在這種情況。

他是個男人，血氣方剛的男人。他也有過女人，在這方面，他並不像外表看來那麼嚴肅。現在睡在他身旁的，正是他一生中總是夢想能得到的那種女人，自從第一眼看見她，他就對這個女人有了種連自己都無法解釋的感情。

可是現在他卻完全沒有那種心情，他心裡只有恐懼和悲傷。

他已知道丁靈琳下定決心要去做的，是什麼事了。只有一個已決心要死的女人，才會有這麼可怕的改變。

他也已下了決心，他絕不能讓丁靈琳死，只要能讓這個女人活著，他不惜去做任何事。

夜更靜，冷風在窗外呼嘯，他忽然發覺丁靈琳身子已開始顫抖，不停的顫抖，不停的呻吟，不停的輕泣。

星光從窗外照進來，照在她臉上，她臉上已流滿了淚。

他的心也像是在被刀割著，幾乎已忍不住要翻過身去，緊緊的擁抱住她，告訴她生命中還有很多值得珍惜的事，無論什麼深痛的傷痕，都會慢慢的平復。

可是他不敢這麼做，也不能這麼樣做。他只有陪她流淚，直到淚已將乾的時候，他才朦朧的睡去。

然後他的身子也突然顫抖，不停的顫抖。

這時他若張開眼來，就會發現丁靈琳正在凝視著他，眼睛裡也充滿了悲傷、同情、憐惜和感激。

一種永遠無法用言語來表達，也永遠無法報答的感激……

郭定醒的時候，天已亮了。

丁靈琳已換了一身昨夜剛買來的衣服，正坐在窗前梳妝。

她的動作輕柔而優美，她的臉在窗外的日光下看來，顯得說不出的容光煥發。

就連這陰暗的斗室，都似已因她這個人而變得有了生命，有了光彩。

郭定已看得癡了。

——假如這就是他的家，假如這就是他的妻子，他一覺醒來，看見他的妻子在窗下梳妝。

那麼世上還有什麼樣的幸福能比得上這種幸福？

他的心又在刺痛。

他不想再想下去，連想都不敢想。

他知道這光輝燦爛，美麗的一刻，只不過是死亡的前奏。

死亡的本身，有時本就很美麗的。

丁靈琳忽然道：「你醒了。」

郭定點點頭，坐起來，勉強笑道：「我睡得一定跟死人一樣。」

丁靈琳柔聲道：「你應該好好睡一覺，我知道你已有好幾天沒睡了。」

郭定道：「現在是什麼時候？」

丁靈琳道：「好像已經快到正午。」

郭定的心沉了下去。

正午。

——叫他們明天正午，在鴻賓客棧等我。

正午本是一天中最光明的時候，但現在對他們說來，卻是死亡的時刻。

丁靈琳忽然站起來，在他面前轉了個身，微笑著道：「你看我打扮得美不美？」

她的確美。

她看來從來也沒有像此刻這樣輝煌美麗，因爲她從來也沒有這麼樣打扮過。

她看來就像是一隻初次展開彩屏的孔雀。

這也許只因她直到此刻，才真正變成一個成熟的女人。

這種輝煌的美麗，卻使得郭定更痛苦。

他忽然想起他母親死的時候，在入殮時，也正是她一生中打扮得最美麗的時候。

他心裡在滴著血。

丁靈琳凝視著他，又在問：「你爲什麼不說話？你在想什麼？」

郭定沒有回答這句話，只是癡癡的看著她，忽然問：「你要走？」

丁靈琳道：「我……我只不過出去一趟。」

郭定道：「去見玉簫和呂迪？」

丁靈琳點了點頭，道：「你知道，我遲早總是非要見他們一次不可的。」

郭定道：「我也遲早總是要見他們一次不可的。」

丁靈琳道：「你要陪我去？」

郭定道：「你不肯？」

丁靈琳嫣然道：「我爲什麼不肯，有你陪我去最好。」

郭定又怔住。

他本來想不到丁靈琳會讓他去的——「這是我的事，我不要你管。」

他想不到她今天居然會改變主意。

丁靈琳微笑道：「你若要去，就得趕快起來，先洗個臉，洗臉水我已替你打好了。」

屋角果然放著一盆水。

郭定跳下床，眼睛裡因興奮而發出了光，只覺得全身都充滿了力量。

他知道玉簫和呂迪都是極可怕的對手。

可是他不在乎。

這一戰是勝是負，他都不在乎。

唯一重要的事，現在丁靈琳已不是一個人去死了，他忽然覺得這一戰並不是沒有希望的，他全身都充滿了信心和力量。

他彎下腰，用雙手捧起了一掬水。

冰冷的水，就像是刀鋒一樣，卻使得他更清醒，更振奮。

丁靈琳已走過去，走到他身後，柔聲道：「你也不必太著急，反正他們一定會等的。」

郭定笑道：「不錯，叫他們多等等也好，我……」

這句話他沒有說完，他忽然發覺一樣東西撞在他後腰的穴道上。

他立刻倒了下去。

只聽丁靈琳輕輕道：「我不能不這麼做，不能讓你去爲我死，你一定要原諒我。」

郭定雖然聽得見她的話，卻不能動，也不能開口。

丁靈琳已扶起了他，扶到床上，讓他躺下，站在床頭看著他。

她的眼睛裡，又充滿了憐憫、感激和悲傷：「你對我的心意，我已完全知道，你是個怎麼樣的人，我也完全明白，只可惜……只可惜我們相見太晚了。」

十九　甘為情死

「只可惜我們相見太晚了。」

這就是丁靈琳對郭定說的最後一句話，也是她唯一能說的一句。

古往今來，不知有多少人說過這句話，也不知有多少人聽過。

可是除非你真的說過，真的聽過，你絕對無法想像這句話裡有多少辛酸，多少痛苦。

看著丁靈琳頭也不回的走出去，郭定只覺得整個人都似已變成空的，空蕩蕩的，飄入冷而潮濕的陰霾中，又空蕩蕩的，沉入萬劫不復的深淵裡。

嚴冬中難得一見的陽光，剛從東方升起，照入了這陰暗的斗室裡。

可是對郭定來說，這屋子裡卻已只剩下一片無際的寒冷和黑暗。

他知道自己一生中，已永遠不會再有陽光和溫暖，因爲她這一去，是必定永遠再也不會回來的了。

他知道自己已永遠再也見不到她。

女人要對付男人，顯然有很多法子，但是她要去對付的人，卻實在太危險，太可怕。

何況，就算她真的能對付他們，她自己也絕不會再活著回來。

因爲她本就決心去求死的。

她刺了葉開一刀，她的痛苦和悔恨，已只有「死」才能解脫。

她早已決心以「死」來贖罪。

現在玉簫和呂迪是不是已經在鴻賓客棧裡等著她，等著將她宰割？

像他們那樣的男人，要對付一個女人，也有很多法子的。

他們會用出什麼樣的法子來？

想到玉簫的醜惡，呂迪的冷酷，郭定已不敢再想下去。

寒冬中的陽光，永遠是輕柔溫暖的，就像是情人的撫摸。

陽光恰巧貼在他臉上，他的淚已流了下來。

正午，鴻賓客棧。

丁靈琳走進去的時候，陽光已照在外面那綠色的金字招牌上。

她身上並沒有戴著她的奪命金鈴，也沒有帶任何武器。

今天她準備要用的武器，是她的決心，她的勇氣，她的智慧與美麗。

她對自己充滿了自信。

世上也不知有多少男人，是死在女人這種武器下的。

她的確是個非常美麗的女人，而且今天又刻意打扮過。

看見她走進去，男人的眼睛裡都不禁露出愛慕和慾望。

只有那善良的老掌櫃，卻顯得有些憂慮擔心，彷彿已看出今天必將有災禍降到這年輕的女孩子身上。

最近他看見的凶殺和禍事已太多。

丁靈琳一進門，他就從櫃台裡迎出來，勉強作出笑臉，問道：「是不是丁姑娘？」

「是的。」

「丁姑娘你的兩位客人，已經在後院裡等著。」

玉簫和呂迪居然真的全都來了。

丁靈琳忽然發覺自己的心在跳，跳得很快。

雖然她已下了必死的決心，但卻還是不能不緊張。

她當然也知道這兩個人的危險和可怕。

「來的只有兩個人？」

老掌櫃點點頭，忽然壓低聲音，道：「姑娘若是沒什麼要緊的事，不如還是回去吧。」

丁靈琳笑了笑，道：「你明知是我約他們來此的，爲什麼又要我回去？」

老掌櫃的遲疑著：「因爲……」

他終於還是沒有說出心裡的憂慮和恐懼，只不過輕輕的嘆了口氣。

丁靈琳已微笑著走進去，心裡卻並不是不知道這老人的好意。

可是她已沒有第二條路走，就算明知在裡面等著她的是毒蛇惡鬼，她也非去不可。

後院裡剛打掃過，廳堂已打掃乾淨，地上光禿禿的，顯得更荒寒冷落。

「那兩位客人就在廳裡。」帶路的夥計說過這句話，立刻就悄悄退出院子。

他顯然已看出今天這約會並不是好玩的。

客廳的門開著，裡面並無人聲，玉簫道人和呂迪都不是喜歡說話的人，更不喜歡笑。

他們笑的時候，通常都只因爲他們要殺的人，已死在他們面前。

丁靈琳深深的吸了口氣，臉上露出最甜蜜的笑容，用最優雅的姿態走進去。

在裡面等著她的，果然正是玉簫道人和呂迪。

這屋子裡也只有陽光，但無論誰只要一走進來，都立刻會覺得自己好像是走入了個冰窖裡。

玉簫道人就坐在迎門的一張椅子上，他要坐下來，選的永遠都是最舒服的一張椅子。

他的服飾還是那麼華麗，看來還是那麼趾高氣揚，不可一世。

屋子裡雖然另外還有一個人，他卻好像不知道。

他根本就從未將任何人看在眼裡。

呂迪卻在看著他，臉上的表情，就好像一個漠不關心的遊人，正站在獸檻裡，看著一條已垂老的獅子在籠中向他耀武揚威一樣。

他蒼白的臉上，帶著種冷漠輕蔑的不屑之色，因爲他知道這條獅子的皮毛雖華麗，但是牙已鈍，爪已禿，已根本無法威脅他。

他的神色冷漠，裝束簡樸，屋子裡雖然還有同樣舒服的椅子，他卻寧願站著。

丁靈琳站在門口，看著他們，笑得更甜蜜。

這兩個人正是極鮮明強烈的對比，她第一眼看見他們，就知道他們絕不能和平共處的。

「我姓丁。」她微笑著走進門：「叫丁靈琳。」

玉簫道人冷冷道：「我認得你。」

丁靈琳道：「你們兩位彼此也認得？」

玉簫道人傲然道：「他應該知道我是誰。」他的手在輕撫著他的白玉簫：「他應該認得這管簫。」

丁靈琳笑了：「是不是每個人都應該認得這管簫？否則就該死？」

她用眼角瞟著呂迪，呂迪臉上卻完全沒有表情。

他顯然並不是個容易被打動的人。

丁靈琳眼珠子轉了轉，嫣然道：「我實在想不到呂公子也會來的，我……」

呂迪忽然打斷了她的話，淡淡道：「你應該想得到。」

丁靈琳道：「為什麼？」

呂迪道：「上官金虹留下來的寶藏和秘笈，本就很令人動心。」

丁靈琳道：「呂公子也動了心？」

呂迪道：「我也是人。」

丁靈琳道：「只可惜那寶藏和秘笈的地點，呂公子也絕不會知道的。」

呂迪承認。

丁靈琳的眼睛發著光，道：「但我卻知道，只有我知道。」

呂迪道：「哦？」

丁靈琳道：「這秘密我本不願說出來的，但現在卻已不能不說。」

呂迪道：「爲什麼？」

丁靈琳嘆了口氣，笑得彷彿已有點淒涼：「因爲現在葉開已死了，就憑我一個人的力量，是絕對沒法子得到那寶藏的。」

呂迪道：「所以你找我們來？」

丁靈琳點點頭：「我算來算去，天下的英雄豪傑，絕沒有任何人能比得上兩位。」

呂迪只不過在聽著，玉簫卻在冷笑。

丁靈琳道：「今天我請兩位來，就爲了要將這秘密告訴兩位，因爲……」

呂迪突然又打斷了她的話：「你不必告訴我。」

丁靈琳怔了怔：「爲什麼？」

呂迪淡淡道：「因爲我不想知道。」

丁靈琳怔住，笑容似已僵硬。

呂迪道：「但我卻知道一件事。」

丁靈琳忍不住問：「什麼事？」

呂迪道：「假如有兩個人同時知道這秘密，能活著走出去的，就必定只有一個。」

丁靈琳卻已笑不出了。

呂迪卻笑了笑：「那寶藏雖令人動心，但我卻不想為了它和東海玉簫拚命。」

玉簫道人忽然也笑了笑，道：「看來你是個聰明人。」

呂迪道：「道長也已明白了她的意思？」

玉簫道人道：「她不如你聰明。」

呂迪道：「可是她也不太笨，而且很美。」

玉簫道人道：「她總是喜歡自作聰明，我一向不喜歡自作聰明的女人。」

呂迪微笑道：「世上的女人，又有幾個不喜歡自作聰明？」

玉簫道人目光釘子般的盯在他臉上，冷冷道：「你究竟想說什麼？」

呂迪淡淡道：「我只不過在提醒道長，像她這樣的女人，世上並不多。」

玉簫道人不由自主看了丁靈琳兩眼，眼睛裡也不禁露出讚賞之色，忽然嘆了口氣，喃喃道：「可惜，實在可惜。」

呂迪道：「可惜？」

玉簫道人道：「一柄劍若已有了缺口，你看不看得出？」

呂迪點點頭。

玉簫道人道：「這女人已有了缺口。」

呂迪道：「你看得出？」

他當然明白玉簫道人的意思，丁靈琳和葉開的關係，早已不是秘密。

玉簫道人道：「我若看不出，她上次落在我手裡，我已不會放過她。」

呂迪也曾聽說，郭嵩陽從不用有了缺口的劍，玉簫從不用有過男人的女人。

他看著玉簫道人，不再開口，眼睛裡又露出種譏刺的笑意。

玉簫道人道：「你還不懂？」

呂迪道：「我只不過在奇怪。」

玉簫道人道：「奇怪什麼？」

呂迪道：「奇怪你為什麼要選這張椅子坐下來？」

玉簫道人道：「你應該看得出，這地方只有這張椅子最好。」

呂迪淡淡道：「我看得出，可是我也知道，這椅子以前一定也有人坐過。」

他忽然結束了這次談話，忽然從丁靈琳身旁大步走了出去。

丁靈琳的心在往下沉，血也往下沉，全身都已冰冷。

玉簫道人正在看著她，從頭看到腳，又從腳尖再慢慢的看到她的眼睛。

他的目光似已穿透了她的衣服。

丁靈琳只覺得自己就好像是完全赤裸著的。

她並不是沒有給男人看過，但現在她卻是受不了，忽然轉身，想衝出去。

她並不怕死，可是她也知道，這世上還有些遠比死更可怕的事。

誰知她剛轉身，玉簫道人已到了她面前，背負著雙手，擋住了她的去路，還是用同樣的眼色在看著她。

丁靈琳握著雙拳，一步步向後退，退到他剛才坐的那張椅子上坐下，忽然道：「我……我知道你絕不會碰我的。」

玉簫道人道：「哦？」

丁靈琳道：「我的確已有了缺口，而且還是個很大的缺口。」

玉簫道人笑了，微笑著道：「我本來以爲你已長大了，因爲你今天要來做的，本是大人做的事，現在我才知道你實在還是個孩子。」

丁靈琳從不肯承認自己是個孩子，尤其在葉開面前更不肯。

但現在她卻只有承認。

玉簫道人悠然道：「你知不知道，孩子要做大人的事，總是危險得很。」

丁靈琳鼓起勇氣，道：「我卻看不出現在有什麼危險。」

玉簫道人道：「因爲你知道我不會碰你。」

丁靈琳想勉強笑一笑，卻笑不出，只有用力咬著嘴唇，不停的點頭。

玉簫道人道：「本來我的確從不碰已有過男人的女人，對你卻可以破例一次。」

丁靈琳已不能動，從腳尖到指尖都已不能動，連頭都不能動。

玉簫道人看著她的臉色已變了。

丁靈琳只覺得他的眼睛裡彷彿忽然有了種奇異的吸引力，吸引住她的目光，將她的整個人都吸住。

她想掙扎，想逃避，卻只能癡癡的坐在那裡，看著他。

他的眼睛裡彷彿在閃動著碧光，就像是忽然亮起了一點鬼火。

丁靈琳看著這雙眼睛，終於完全想起了上次的事。

「……去殺葉開！拿這把刀去殺葉開。」

這次他要她做的事，是不是比上次更可怕？

她已用盡了全身力氣掙扎，冷汗已濕透了她的衣服。

但她卻還是擺不脫。

玉簫道人眼中的那點鬼火，似已將她最後的一分力氣都燃盡。

她已只有服從。

無論玉簫道人叫她做什麼，她都已完全無法反抗。

就在這時，突聽「砰」的一聲，門突然被撞開，一個人標槍般站在門外。

玉簫道人一驚，回身怒喝：「什麼人？」

「嵩陽郭定。」

郭定畢竟還是及時趕來了。

他怎麼能來的?是誰解開了他的穴道?

是上官小仙?還是呂迪?

他們當然知道，只要郭定一到這裡，他和玉簫道人之間就必定只有一個能活著走出去。

陽光乍現，又沉沒在陰雲裡，酷寒又征服了大地。

冷風如刀。

郭定和玉簫道人就站在這刀鋒般的冷風裡，兩個人心裡也都明白，他們之間必定要有一個倒下去。

無論誰要走出這院子裡，都只有一條路——從對方的屍體上走過。

郭定的劍已在手。

劍是黝黑的，暗無光華，卻帶著種比寒風更凜冽的殺氣。

這柄劍就像是他的人一樣。

玉簫卻瑩白圓潤。

這兩個人恰巧也是個極強烈鮮明的對比。

郭定凝視著他手裡的玉簫，一直在盡量避免接觸到他的眼睛。

玉簫道人眼裡的怒火又亮起，忽然問道：「你是郭嵩陽的後人？」

郭定道：「是。」

玉簫道人道：「二十年前，我已有心和郭嵩陽一較高低，只可惜他死了。」

郭定道：「我還活著。」

玉簫道人冷笑，道：「你算什麼東西？嵩陽鐵劍，在兵器譜中排名第四，你手裡的劍卻連一文都不值。」

郭定道：「哦？」

玉簫道人道：「你根本不配用這柄劍的。」

郭定閉上了嘴。

他也一直勉強控制著自己的怒氣。

憤怒有時雖然也是種力量，但在高手相爭時，卻如毒藥般能令人致命。

玉簫道人盯著他，徐徐道：「據說你也是葉開的朋友。」

郭定承認。

玉簫道人道：「你們是種什麼樣的朋友？」

郭定道：「朋友就是朋友，真正的朋友只有一種。」

玉簫道人道：「但你們這種朋友卻好像很特別。」

郭定道：「哦？」

玉簫道人冷冷道：「葉開死了後，你居然立刻就準備接收他的女人，像你這種朋友，豈非少見得很。」

郭定突然覺得一陣怒火上湧，忍不住抬起了頭。

玉簫道人的眼睛正在等著他。

他的目光立刻被吸住，就像是鐵釘遇到了磁石一樣。

丁靈琳一直坐在椅子上，喘息著，直到此時才走到門口。

她看見了玉簫道人的眼睛，也看見了郭定的眼睛。

她的心立刻又沉下。

玉簫道人眼中的鬼火，遲早也必定會將郭定全身的力量燃盡。

她絕不能眼看著郭定跟她一樣往下沉，沉入了萬劫不復的深淵。

怎奈她卻偏偏只有看著。

現在她絕不能提醒郭定，郭定若是分心，死得必定更快。

風更冷，陰雲中彷彿又將有雪花飄落。

雪落下的時候，血很可能也已濺出。

當然是郭定的血。

他本不必和玉簫道人拚命的，他本來可以活得很好，很快樂。

現在他為什麼會變成這樣子？

丁靈琳知道，只有她知道。

——還沒有享受到愛情的甜蜜，卻已嚐盡了愛情的痛苦。

——上天對他豈非太不公平？

丁靈琳的淚已將落，還未落，突聽玉簫道人道：「拋下你的劍，跪下。」

他的聲音裡，也彷彿帶著種奇異的力量，一種令人無法抗拒的力量。

郭定握劍的手已不再穩定，整個人都似已在發抖。

玉簫道人慢慢道：「你何必再掙扎？何必再受苦？只要你一鬆手，所有的痛苦就完全過去了。」

死人當然不會再有痛苦。

只要一鬆手，就立刻可以解脫。

這實在太容易。

郭定握劍的手背上，青筋剛剛消失，力量也剛剛消失。

玉簫道人暗自得意。

他的手正漸漸在放鬆……

這一戰已將過去，他已不必再出手。

多年來他從未曾與人近身肉搏，他已學會了更容易的法子，不費吹灰之力，就可以將對方擊倒。

這使他變得更驕傲，也變懶了。

他已走慣了近路，可是這次他終於走錯了一步。

近路絕不是正路。

郭定手裡的劍似已將落下，突又握緊，劍光一閃，飛擊而來。

嵩陽鐵劍的劍法，本不是以變化花俏見長的。

郭定的劍法也一樣。

沒有把握時，他絕不出手，只要一劍刺出，就必定要有效。

簡單，迅速，確實，有效。

這正是「嵩陽鐵劍」劍法的精華所在。

所以這一劍並沒有刺向玉簫道人咽喉，胸膛的面積，遠比咽喉大得多。

目標的面積愈大，愈不容易失手。

高手相爭，只要有一點錯誤，就必定是致命的錯誤。

玉簫道人已將全部精神力量，都集中在他的眼睛上，自以爲已控制了全局。

只可惜眼睛並不是武器。

無論多可怕的眼睛，也絕對無法抵擋住這雷霆閃電般的一劍。

他揮手揚起他的白玉簫時，劍鋒已從他簫下穿過，刺入了他的胸膛。

雪花開始飄落，血也已濺出。

但卻不是郭定的血——玉簫胸膛裡濺出的血，也同樣是鮮紅的。

他的臉立刻扭曲，眼睛凸出，但眼中的鬼火卻已滅了。

他還沒有倒下去，一雙凸出的眼睛，還在狠狠的瞪著郭定，忽然哼聲道：「你叫郭定？」

郭定點點頭，道：「鎮定的定。」

玉簫道人長嘆道：「你果然鎮定，我卻看輕了你。」

郭定道：「我卻沒有看輕你，我早已計劃好對付你的法子。」

玉簫道人慘笑道：「你用的法子很不錯。」

郭定道：「你用的法子卻錯了。」

玉簫道人道：「哦？」

郭定道：「以你的武功，本不必用這種邪魔外道的法子來對付我。」

玉簫道人一雙眼睛空空蕩蕩的凝視著遠方，慢慢道：「我本來的確不必用的，只不過一個人若是已學會了容易的法子求勝，就不願再費力了……」

他說得很慢，聲音裡也充滿了悔恨。

直到現在他才明白，勝利是絕沒有僥倖的，你要得勝，就一定要付出代價。

郭定也不停的嘆息。

玉簫道人忽然嘶聲大呼：「拔出你的劍，讓我躺下去，讓我死。」

劍鋒還留在他的胸膛裡。

他已開始在不停的咳嗽，喘息。

若是不拔出這柄劍來，也許他還可以多活片刻。

但現在他只求速死。

郭定道：「你……你還有什麼話要留下來？」

玉簫道人道：「沒有，一個字也沒有。」

郭定嘆道：「好，你放心死吧，我一定會安排你的後事。」

他終於拔出了他的劍。

拔劍時，他的手肘向後撤，胸膛前就不免要露出空門。

突然間，「叮」的一響，白玉簫裡突然有三點寒星暴射而出，釘入了他的胸膛。

郭定的人竟被打得仰面跌倒。

玉簫道人卻還站著，喘息著，咯咯的笑道：「現在我可放心死了，因爲我知道你一定會跟著來的。」

他終於倒下去，倒在他自己的血泊中。

雪花正一片片落下來，落在他慘白的臉上……

「鴻福當頭，賓至如歸。」

鴻賓客棧的大門外，已貼起了春聯，準備過年了。

今夜就已是除夕。

有家的客人和夥計，都已趕回家去過年，生意興隆的客棧，忽然間變得冷清清的。

廚房裡卻在忙著，因爲老掌櫃的家就在這客棧裡，還有幾個單身的夥計，也準備留下來吃年夜飯，吃完了再好好賭一場。

風中充滿了烤雞燒肉的香氣，一陣陣吹到後院。

後院的廂房裡，已燃起了燈。

只有久已習慣於流浪的浪子們，才知道留在逆旅中過年的滋味。

丁靈琳正坐在孤燈下，看著床上的郭定。

郭定發亮的眼睛已閉起，臉是死灰色的，若不是還有一點微弱的呼吸，看來已無異死人。

他還沒有死，可是他還能活多久呢？

現在他還能活著，只因爲玉簫道人的暗器上居然沒有毒。

白玉永遠是純潔尊貴的。

玉簫道人的人雖然已變，他的白玉簫沒有變。

他總算還是爲自己保留了一點乾淨地，他畢竟還是個值得驕傲的人。

可是暗器發出時，兩人的距離實在太近，那三枚白玉釘，幾乎已打斷了郭定的心脈。

他能活到現在，已經是奇蹟。

丁靈琳就這麼樣坐在床頭，已不知坐了多久，臉上的淚痕濕了又乾，乾了又濕。

外面忽然響起了敲門聲。

「誰？」

敲門的是個年輕的夥計，勉強帶著笑，道：「我們掌櫃的特地叫我來請姑娘，到前面去吃年夜飯。」

「吃年夜飯？」

丁靈琳心裡驀的一驚：「今天已經是除夕？」

夥計點點頭。

看著這個連過年都已忘了的年輕女人，他心裡也不禁覺得很同情，很難受。

丁靈琳癡癡的坐在那裡，既沒有說話，心裡也不知在想什麼。

夥計又問了她兩遍，她卻已聽不見。

黯淡的孤燈，垂死的病人，你若是她，你還有沒有心情去吃人家的年夜飯？

夥計輕輕的嘆息了一聲，慢慢的關上門，退了出去，心裡覺得酸酸的。

一個如此年輕，如此美麗的女孩子，遭遇爲什麼會如此可憐？

二十 除夕之夜

「又過年了……又是一年。」

從丁靈琳有記憶時開始，過年的時候，總是充滿了歡樂的。

從初一到十五，接連著半個月，誰也不許生氣，更不許說不吉祥的話。

這本就是個吉祥的日子。可是今年呢？

外面忽然響起了一陣震耳的爆竹聲。

爆竹一聲除舊，桃符萬點更新——舊的一年已過去，新年中總是有新希望的。

可是她還有什麼希望？

爆竹聲驚醒了郭定，他忽然張開眼睛，彷彿想問，「這是什麼聲音？」

只可惜他的嘴唇雖在動，卻說不出一個字。

丁靈琳明白他的意思，勉強露出笑臉，道：「明天就過年了，外面有人在放鞭炮。」

——又是一年，總算又過了一年。

郭定凝視著窗外的黑暗，希望還能看到陽光升起，可是就算看見了又如何？

他忽然開始不停的咳嗽。

丁靈琳柔聲道：「你想不想喝碗熱湯？今天晚上他們一定給你燉雞湯。」

郭定用力搖頭。

丁靈琳道：「你想要什麼？」

郭定看著她，終於說出了三個字：「你走吧。」

丁靈琳道：「你……你要我走？」

郭定笑了笑，笑得很淒涼：「我知道我已不行了，你不必再陪著我。」

丁靈琳用力握住他的手：「我一定要陪著你，看著你好起來，我知道你一定可以活下去。」

郭定又搖了搖頭，閉上眼睛。

一個人若連自己都已對自己的生命失去信心，還有誰能救他？

丁靈琳咬著嘴唇，忍著眼淚：「你若真的覺得自己要死了，你就對不起我。」

「爲什麼？」

「因爲……因爲我已準備嫁給你。」丁靈琳柔聲道：「難道你要我做寡婦？」

郭定蒼白的臉上，突然有了紅暈：「真的？」

「當然是真的。」丁靈琳又下了決心：「我們隨時都可以成親。」

只要能讓郭定活下去，無論要她做什麼，她都是心甘情願的。

「明天就是個吉祥的好日子，我們已不必再等。」

「可是我……」

「所以你一定要活下去，一定！」

老掌櫃坐在櫃台裡，臉上已帶著幾分酒意。

這櫃台他已坐了二十年，看來還得繼續坐下去，看著人來人往。

各式各樣的人，各式各樣的悲歡離合，生老病死。

他看得實在太多，每當酒後，他心裡總會有說不出的厭倦之意。

所以他現在情願一個人坐在這裡。

他沒有想到丁靈琳會來，忍不住試探著問：「姑娘還沒有睡？病人是不是已好了些？」

丁靈琳勉強笑了笑，忽然道：「明天你能不能替我辦十幾桌酒？」

「明天？明天是大年初一，恐怕……」

「一定要明天，」丁靈琳笑得很淒涼：「再遲，恐怕就來不及了。」

老掌櫃遲疑著：「姑娘要請人喝春酒？」

「不是春酒，是喜酒。」

老掌櫃睜大了眼睛，「喜酒！難道姑娘你明天就要成親？」

丁靈琳垂下頭，又點點頭。

老掌櫃笑了，立刻也點點頭，道：「沖沖喜也好，病人一沖喜，病馬上就會好的。」

丁靈琳本就知道他絕不會明白，卻也不想解釋：「所以我希望這喜事能辦得熱鬧些，愈熱鬧愈好。」

老掌櫃的精神已振作，最近兇殺不祥的事他已看得太多，他也希望能沾些喜氣：「行，這件事就包在我身上。」

「明天晚上行不？」

老掌櫃拍著胸：「準定就是明天晚上。」

自從認得葉開那一天開始，丁靈琳就從來沒想到自己還會嫁給別人。

可是明天晚上……

紅樓，紅窗，紅桌子，紅羅帳，什麼都是紅的。

上官小仙甜甜的笑著，看著葉開：「你說這樣像不像洞房？」

葉開道：「不像。」

上官小仙嘟起了嘴，道：「什麼地方不像？難道我不像新娘子？」

她穿著紅襖，紅裙，紅繡鞋，臉也是紅紅的。

葉開的眼睛一直都在迴避著她：「你像新娘子，我卻不像新郎。」

他也穿著一身新衣裳，臉也被燭光映紅了。

上官小仙看著他，嫣然道：「誰說你不像？」

葉開道：「我說。」

上官小仙道：「你爲什麼不去照照鏡子？」

葉開淡淡道：「用不著照鏡子，我也看得見我自己，而且看得很清楚。」

上官小仙道：「哦？」

葉開道：「我這一輩子最大的長處，就是永遠都能看清我自己。」

他忽然站起來，推開窗子。窗外一片和平寧靜，家家戶戶門上都貼著鮮紅的春聯，幾個穿著新衣，戴著新帽子的孩子，正掩著耳朵，在門口放爆竹。這一切顯然都是上官小仙特地爲他安排的，她希望這種過年的氣象讓他變得開心些。最近這兩天他一定很悶。

上官小仙又在問：「你喜不喜歡過年？」

葉開道：「不知道。」

上官小仙道：「怎麼會不知道？」

葉開凝視著遠方，除夕夜的蒼穹，也和別的晚上同樣黑暗。

「我好像從來也沒有過過新年。」

「爲什麼？」

葉開的眼睛裡，彷彿帶著種說不出的困惑和寂寞，過了很久，才慢慢道：「你應該知道，這世上本就有種人是絕不過年的。」

「哪種人？」

「沒有家的人。」

流浪在天涯的浪子們，他們幾時享受過「過年」的吉祥和歡樂，別人在過年的時候，豈非也正是你們最寂寞的時候。

上官小仙忽然輕輕嘆了口氣，道：「其實我……我一樣也從來沒有過過年。」

「哦？」

「你當然知道我母親是個什麼樣的人，但你卻永遠也不會知道她晚年過的是什麼樣的日子，別人在過年的時候，她總是抱著我，偷偷的躲在被窩裡流淚。」

葉開沒有回頭，也沒有開口。他能想像到那種情況——無論誰都必須為自己的罪孽付出代價。

林仙兒也不能例外。可是上官小仙呢？難道她一生下來就有罪？她為什麼不能像別的孩子一樣，享受童年的幸福歡樂？她今天變成這麼樣一個人，是誰造成的？是誰的錯？

葉開也不禁輕輕嘆息。

「同是天涯淪落人，相逢何必曾相識。」上官小仙幽幽的嘆息著：「其實你也該知道我們本是同樣的人，你對我為什麼總是這麼冷淡？」

葉開道：「那只因你已變了。」

上官小仙走過來，靠近他：「你認為我現在已變成個什麼樣的人？」

葉開沉默，只有沉默。他從不願當著別人的面，去傷害別人。

上官小仙突然冷笑，道：「你若認爲我已變得和……和她一樣，你就錯了。」

葉開也知道她說的「她」是誰。

他的確認爲上官小仙已變得和昔年的林仙兒一樣，甚至遠比林仙兒更可怕。

上官小仙忽然轉過他身子，盯著他的眼睛，道：「看著我，我有話問你。」

葉開苦笑道：「你問。」

上官小仙道：「我若告訴你，我這一輩子還沒有男人碰過我，你信不信？」

葉開沒有回答，也無法回答。

上官小仙道：「你若以爲我對別的男人，也跟對你一樣，你就更錯了。」

葉開忍不住問道：「你……你爲什麼要這樣對我？」

上官小仙咬著嘴唇，道：「你心裡難道還不明白？爲什麼還要問？」

她看著他，眼睛裡充滿了幽怨，無論誰看到她這對眼睛，都應該明白她的感情。

難道她對葉開竟是真心的？

葉開真的不信？

——也許並不是不信，而是不能相信，不敢相信。

葉開忽然笑了笑，道：「今天是大年夜，我們爲什麼總是要說這種不開心的事。」

上官小仙道：「因爲不管我說不說，你都是一樣不開心的。」她不讓葉開分辯，搶著又道：「因爲我知道你心裡總是在想著丁靈琳。」

葉開不能否認，只有苦笑道：「我跟她認識已不止一天了，她實在是個很好的女孩子，對我也一直都很好。」

上官小仙道：「我對你不好？」

葉開道：「你們不同。」

上官小仙道：「有什麼不同？」

葉開嘆息著，道：「你是個很了不起的女人，你有才能，也有野心，你還有很多事可以做，可是她……她卻只有依靠我。」

這是他的真心話，也是他第一次對上官小仙說出真心話。現在他已不能不說，他並不是個完全不動心的木頭人。

上官小仙垂下頭：「你是不是認爲不管你到什麼地方去了，不管你去了多久，她都會等你？」

葉開道：「她一定會等。」

上官小仙突又冷笑。

葉開道：「你不信？」

上官小仙道：「我只不過想提醒你，有些女人，是經不起試探的。」

葉開道：「我相信她。」

上官小仙道：「你有沒有聽說過莊周的故事？」

葉開聽過。

上官小仙道：「他們本來也是對恩愛夫婦，可是莊周一死，他的妻子立刻就改嫁給別人。」

葉開笑了笑，道：「幸好我既沒有妻子，也沒有莊周那麼大的神通，更不會裝死。」

他已不想繼續再爭辯這件事。丁靈琳對他的感情，本是他們兩個人之間的事，本就不必要別人瞭解。

鞭炮聲已寥落，夜更深，家家戶戶都已關起了門，窗子裡的燈光卻還亮著，孩子們已回去，等著拿壓歲錢。除夕夜本就不是狂歡之夜，而是爲了讓家人們圍爐團聚，過一個平靜幸福的晚上。可是像葉開這種浪子，要等到什麼時候才能享受這種幸福和平靜？

他竟忽然變得很蕭索，正準備轉過身去找杯酒喝。就在這時，夜空中忽然響起了一陣輕微而奇特的呼哨聲。一隻鴿子遠遠的飛來，落在對面屋簷上，羽毛竟是漆黑的，黑得發亮，看來竟像是隻黑鷹一樣。

葉開從來也沒有看見過這麼不平凡的鴿子，忍不住停下腳步，多看了幾眼。然後他才發現上官小仙眼睛裡似已發了光，忽然也從身上拿出了個銅哨，輕輕一吹。這黑鴿子立刻飛過來，穿窗而入，落在她的手掌上，鋼喙利爪，閃閃有光的眼睛，看來竟似比鷹更健壯雄猛。這是誰家養的鴿子？

葉開心裡已隱隱感覺到，這鴿子的主人，一定也是個很可怕的人。

鴿爪上繫著個烏黑的鐵管，上官小仙解下來，從裡面取出了個紙捲；緋紅的紙箋上，寫滿了比蠅頭還小的字。上官小仙已走到燈下，很仔細的看了一遍，又看了一遍。她看得很專心，彷彿連葉開都已忘了。

葉開卻在看著她，燈光照著她的臉，她嫣紅的臉已變得蒼白，神情嚴肅而沉重，在這一瞬間，她似已變成了另外一個人，變成了上官金虹。這封書信顯然非常秘密，非常重要。葉開並不想刺探別人的秘密，但對這隻鴿子卻還是覺得很好奇。他看著鴿子，鴿子居然也在狠狠的盯著他。他想去摸摸牠發亮的羽毛，這鴿子卻突然飛起來，猛啄他的手。

葉開嘆了口氣，喃喃道：「這麼兇的鴿子倒真是天下少有。」

上官小仙忽然抬起頭來笑了笑，道：「這種鴿子本來就很少有，據我知道，天下一共也只有三隻。」

葉開道：「哦？」

上官小仙又嘆了口氣，道：「要養這麼樣一隻鴿子，可真不是容易事，能養得起牠的人，天下也絕不超出三個。」

葉開更奇怪：「爲什麼？」

上官小仙反問道：「你知不知道這種鴿子平常吃的是什麼？」

葉開搖搖頭。

上官小仙道：「我就知道你永遠也想不到的。」

葉開勉強笑了笑，道：「牠吃的至少總不會是人肉吧？」

上官小仙也笑了笑，卻沒有回答，忽然拍了拍手，喚道：「小翠。」

一個笑得很甜、酒窩很深的小姑娘，應聲走了進來。

上官小仙道：「你的刀呢？」

小翠立刻就從懷裡拿出了一把彎彎的，柄上鑲著明珠的銀刀。

上官小仙道：「很好，現在你可以餵牠了。」

小翠立刻解開了衣服，從身上割下片血淋淋的肉來，臉上雖已痛出了冷汗，卻還是在甜甜的笑著。

那鴿子已飛起，鷹隼般飛過去，叼起了這片肉，飛出窗外。

牠也像很多人一樣，吃飯的時候，也不願有別人在旁邊看著。

葉開聳然動容，道：「牠吃的真是人肉！」

上官小仙道：「非但是人肉，而且一定要從活人身上割下的肉，還一定要是年輕的女孩子。」

葉開只覺得胃在收縮，幾乎已忍不住要嘔吐。

上官小仙道：「你知不知道這隻鴿子是從哪裡飛來的？」

葉開搖搖頭。

上官小仙道：「牠已飛了幾千里路，而且還為我帶來了一件很重要的消息，就算要我自己割塊肉給牠吃，我也願意。」

葉開忍不住問：「什麼消息？」

上官小仙道：「魔教的消息。」

葉開又不禁動容，道：「這隻鴿子的主人難道是魔教的教主？」

上官小仙道：「不是教主，是一位公主，很美的公主。」

葉開道：「她怎麼會跟你通消息？」

上官小仙道：「因為她也是人，只要是人，我就有法子收買。」

她忽又輕輕嘆息了一聲，道：「也許只有你是例外。」

葉開道：「難道她敢將魔教的秘密出賣給你？」

上官小仙又嘆了口氣，道：「只可惜她知道的秘密並不太多。」

葉開道：「她知道些什麼？」

上官小仙道：「她只知道魔教的四大天王中，已有三個人到了長安，卻不知道他們在這裡用的是什麼身分。」

葉開道：「她也不知道這三個人的名字？」

上官小仙嘆道：「就算知道也沒有用，無論誰入了魔教後，都得將自己過去的一切完全放棄，連本來的名字也不能再用。」

葉開道：「所以她只知道這三個人在魔教中用的名字？」

上官小仙點點頭，道：「魔教中的四大天王，名字都很絕，一個叫『牒兒布』，一個叫『多爾甲』，一個叫『布達拉』，一個叫『班察巴那』。」這都是古老的藏文。「牒兒布」的意思象徵著智慧。「多爾甲」的意思，象徵著權法。「布達拉」是孤峰。「班察巴那」是愛慾之神。」

上官小仙道：「現在除了多爾甲天王還留守在魔山之外，其餘的三大天王，都已到了長安。」

葉開道：「這消息可靠？」

上官小仙道：「絕對可靠。」

葉開道：「你也猜不出他們是誰？」

上官小仙道：「我只想到了一個人，『班察巴那』天王，很可能就是玉簫道人。」

玉簫道人這一生中，的確充滿了愛慾。

葉開道：「你能不能從玉簫道人口中，問出那兩個人來？」

上官小仙道：「不能。」

葉開道：「你也不能？」

上官小仙道：「我就算有法子能讓各種人說實話，也有一種人是例外。」

葉開道：「死人？」

上官小仙點點頭。

葉開道：「怎麼死的？」

上官小仙道：「有人殺了他。」

葉開道：「是誰殺得了東海玉簫？」

上官小仙淡淡道：「在這長安城裡，能殺他的人並不止一個。」

葉開沉思著，忽然長長嘆息，道：「我在這裡才不過十來天，長安城裡卻似已有了很多變化，發生了很多事。」

上官小仙凝視著他，輕輕道：「你是不是已想走？」

葉開勉強笑了笑，道：「我的傷已好了。」

上官小仙目中又露出幽怨之色，道：「傷一好就要走？」

葉開避開了她的眼睛，道：「我遲早總是要走的。」

上官小仙道：「你準備什麼時候走？」

葉開道：「明天……」他勉強笑著道：「我若是明天走，還可以到長安城去拜拜年。」

上官小仙咬著嘴唇，居然也笑了笑，道：「除了拜年外，你還可以趕上一頓喜酒。」

葉開道：「誰的喜酒？」

上官小仙淡淡道：「當然是你的朋友，一個跟你很要好的朋友。」

廿一 鴻賓客棧

葉開真的走了。

上官小仙居然沒有留他，只不過挽住他的手，一直送他到街頭。

無論誰看到他們，都一定會認爲他們是珠聯璧合，很理想的一對。但他們究竟是情人？是朋友？還是冤家對頭？這只怕連他們自己都分不清楚。

上官小仙很沉默，顯得心事重重。葉開這一走，是不是還可能回到她身邊來？他們還有沒有相聚的時候？

未來的事，又有誰能知道？誰敢預測？

葉開忽然道：「我想了很久，卻還是想不出牒兒布和布達拉天王會是什麼人。」

上官小仙幽幽的一笑，道：「既然想不出，又何必去想？」

葉開道：「我不能不想。」

上官小仙輕輕嘆息：「人們爲什麼總是要去想一些他本不該想的事？」

葉開不敢回答這句話，也不能回答。

他只有沉默，沉默了很久，卻又忍不住道：「我想，牒兒布天王一定是個很有智計的人，布達拉天王一定很孤高驕傲。」

上官小仙點點頭：「魔教中取的名字，當然絕不會是沒有道理的。」

葉開道：「以你看，現在長安城裡最有智慧的人是誰？」

上官小仙道：「是你！」

上官小仙接道：「只有智者，才有慧劍。」

——只有你的慧劍，才能斬斷我要纏住你的情絲。

這句話她並沒有說出來，也不必說出來，葉開當然能瞭解。

他在苦笑：「大智若愚，真正的聰明人，看起來也許像個呆子。」

上官小仙也笑了笑，道：「長安城裡，看來像呆子的人倒不少，真正的呆子也不少。」

葉開道：「你認爲最驕傲的人是誰？」

上官小仙道：「你！」

葉開苦笑道：「又是我。」

上官小仙淡淡道：「只有最驕傲的人，才會拒絕別人的真情好意。」

她說的「別人」當然就是她自己。

——難道她對葉開真的是一番真情？

葉開轉過頭，遙視著遠方的一朵白雲，世上又有幾個人能像白雲般悠閒自在，無拘無束？

每個人心裡豈非都有把鎖鏈？

上官小仙忽然又問道：「除了你之外，也許還有一、兩個人。」

葉開道：「誰？」

上官小仙道：「呂迪、郭定。」

葉開道：「他們當然都絕不是魔教中的人。」

上官小仙道：「是不是因爲他們的出身好，家世好，所以就不會入魔教？」

葉開道：「我只不過覺得他們都沒有魔教門下的那種邪氣。」

上官小仙道：「不管怎麼樣，隍兒布和布達拉都已在長安城，也許就是你最想不到的兩個人，因爲他們的行蹤一向都是別人永遠想不到的，這才真正是魔教最邪的地方。」

葉開嘆了口氣，也不禁露出憂慮之色。

魔教門下，不到絕對必要時，是永遠也不會露出形跡來的，往往要等到已死在他們手裡時，才能看出他們的真面目。

他們這次到長安來，真正要找的對象是誰？

是上官小仙？還是葉開？

葉開勉強笑道：「只要他們的確已到了長安城，我遲早總會找到他們的。」

上官小仙道：「可是今天你還不能開始找。」

葉開道：「爲什麼？」

上官小仙道：「因爲，今天你一定要先到鴻賓客棧去喝喜酒。」她美麗的眼睛裡，帶著種針尖般的笑容：「因爲你若不去，有很多人都會傷心的。」

但葉開卻沒有到鴻賓客棧去，直到黃昏前，他還沒有在鴻賓客棧出現過。

大年初一，午後。

今天上午時，天氣居然很晴朗，藍天白雲，陽光照耀，大地已有了春色。

郭定的氣色看來也好得多了，「人逢喜事精神爽」，一句已說了幾千幾百年的話，多多少少總是有些道理的。

丁靈琳正捧著碗參湯，在一口一口的餵著他。

他們一直很少說話，誰也不知道該說些什麼，心裡更不知是甜？是酸？是苦？

人生豈非本就是這樣子的。

命運的安排，既然沒有人能反抗，那麼他們又何必？

丁靈琳也打起了精神，露出了笑臉，看來就像是這冬天的陽光一樣。

郭定想多看她幾眼，又不敢，只有垂著頭看著她一雙白生生的手，忽然道：「這人參是不是很貴？」

丁靈琳點點頭。

郭定道：「我們能買得起？」

丁靈琳道：「買不起。」

郭定道：「那麼你是……」

丁靈琳突然一笑，道：「是我賒來的，因爲我想今天一定有很多人會送禮來，長安城裡，一定有很多人想來看我們，喝兩杯我們的喜酒，這些人一定都不會是很小氣的人。」

郭定遲疑著，道：「我們的事，已經有很多人知道？」

丁靈琳點點頭，道：「所以我已叫掌櫃的替我們準備了十二桌喜酒。」

郭定忍不住抬起頭，看著她，也不知是歡喜，還是悲傷道：「其實你本不必這麼做的，我……」

丁靈琳沒有讓他說下去，握住了他的手，柔聲道：「你只要打起精神來，趕快把傷養好，千萬不要讓我做寡婦。」

郭定也笑了，笑得雖辛酸，卻也帶著幾分甜蜜。

不管怎麼樣，他都已下了決心，要好好照顧這個可愛的女人，照顧她一輩子。

就憑這點決心，他已不會死。

一個人自己心裡求生的鬥志，往往比任何藥都有效。

老掌櫃的忽然在門外呼喚：「丁姑娘你已該出來打扮打扮了，我也已找人來替郭公子洗澡換衣裳。」

丁靈琳拍了拍郭定的手，推門走出去，看著這善良的老人，忍不住輕輕嘆息：「你真是個好人。」

原來這世界上還是到處都有好人的。

老掌櫃微笑道：「今天是大年初一，我只盼望今年大家都過得順遂，大家都開心。」

他是個好人，所以才會有這種願望，可是他的願望是不是能實現？

丁靈琳心裡忽然覺得一陣酸軟，淚珠已幾乎忍不住要流下來。

大家都開心，每個人都開心，可是葉開……

她振作精神，勉強笑了笑，忽然道：「現在是不是已經有人送了禮來？」

老掌櫃笑道：「送禮的人可真不少，我已把送來的禮都記了帳，丁姑娘是不是想去看看？」

丁靈琳很想去看看。

她已想到一定會有很多奇怪的人，送一些奇怪的禮物來。

丁靈琳想到了很多事，卻還是沒有想到第一個送禮來的人，竟是「飛狐」楊天。

帳簿上第一個名字就是他。

楊天：禮品四包，珠花一對，碧玉鐲一雙，赤金頭面全套，純金古錢四十枚，共重四百兩。

純金古錢，這意思顯然是說，他的禮是代表金錢幫送的，也就是代表上官小仙送的。

丁靈琳握緊雙拳，心裡不禁在冷笑。她希望上官小仙晚上來喝喜酒。

呂迪居然也送了禮來，是和八方鏢局的杜同一起送來的，除了禮品四包外，還有「極品傷藥一瓶」。

丁靈琳又不禁冷笑。

她已決心不用這瓶藥，不管呂迪是不是真的好意，她都不能冒這種險。

還有些人的名字，丁靈琳似曾相識，卻又記不太清了，這些人好像都是丁家的世交舊友。

丁家本就是武林的世家，故舊滿天下，其中當然也有很多人到了長安。

可是丁家的人呢？這個也曾在武林中顯赫一時的家族，如今已變成什麼樣子？

丁靈琳連想都不敢想。

她繼續看下去，又看到一個意外的名字。

崔玉真。

她居然還沒有死。

這些日子來，她為什麼一直都沒有出現過？她是不是也已知道葉開的死訊？

老掌櫃在旁邊微笑著，道：「我實在想不到丁姑娘在長安城裡竟有這麼多朋友，今天晚上，想必一定熱鬧得很。」

他們的喜事看來確實已轟動了長安。

丁靈琳忽然發現自己原來也是個名人——那是不是因為葉開？

她又禁止自己再想下去，無論如何，她今天絕不能去想葉開。至少今天……今天絕不想。

她看到最後一個名字，心忽然沉了下去。

「南宮浪，字畫一卷。」

她知道這名字，也知道這個人。

這個世家大族中，都必定會有一、兩個特別兇狠惡毒的人。

南宮浪就是「南宮世家」中最可怕的人。

他是個聲名狼藉的大盜，是南宮世家的不肖子弟，但他卻也是南宮遠的嫡親叔叔。

南宮遠已傷在郭定劍下，南宮浪忽然在這裡出現，是爲了什麼？

丁靈琳忍不住問：「你看過這人送來的字畫沒有？」

老掌櫃搖搖頭，道：「丁姑娘若是想看看，我現在就可以去拿出來。」

丁靈琳當然也很想看看。

畫卷已展開，上面只畫著兩個人。

一個人手握長劍，站在一對紅燭前，劍上還在滴著血。

他身上的衣著劍飾，都畫得很生動，但一張臉卻是空白的。

這個人竟沒有臉。

另一個人已倒在他劍下，身上穿的，赫然竟是郭定的打扮。

丁靈琳臉色已變了。

南宮浪的意思已很明顯，他是來替南宮遠復仇的，他今天晚上就要郭定死在他的劍下，死在喜堂裡的那對龍鳳花燭前。

郭定已受了重傷，已沒有反抗之力。

老掌櫃的也已看出她的恐懼，急著要將這卷畫收起來，竟聽外面有人問：「這裡是不是鴻賓客棧？」

問話的是個黃袍黑髮的中年人，身上的長袍蓋膝，黃得發亮，黃得像是金子，一張臉卻是陰慘慘的，全無表情。

就這麼樣一個人，看來已經很奇秘詭異，更奇怪的是，他身後還有三個人，裝束神情居然也跟他完全一模一樣。

老掌櫃心裡雖然有點發毛，卻不能不打起笑臉：「小號正是鴻賓。」

黃衣人道：「郭定郭公子和丁靈琳丁姑娘的喜事，是不是就在這裡？」

「正是在這裡。」

老掌櫃偷偷看了丁靈琳一眼，丁靈琳臉上也帶著很驚奇的表情，顯然也不認得這四個人。

她既然沒有反應，老掌櫃只有搭訕著問道：「客官是來找郭公子的？」

黃衣人道：「不是。」

「是來送禮的？」

「也不是。」

老掌櫃勉強陪笑，道：「不送禮也一樣可以喝喜酒，四位就請後面坐，先請用茶。」

黃衣人道：「我們不喝茶，也不是來喝喜酒的。」

丁靈琳忽然笑了笑，道：「那麼你們莫非想來看新娘子？」

黃衣人冷冷的看了她一眼，道：「你就是新娘子？」

丁靈琳點點頭，道：「所以你們假如要看，現在就可以看了。」

黃衣人翻了翻白眼，道：「我們要來看的並不是新娘子。」

丁靈琳道：「你們來看什麼？」

黃衣人道：「來看今天晚上有沒有敢到這裡來惹事生非的人。」

丁靈琳眨了眨眼，道：「假如有呢？」

黃衣人冷冷道：「不能有，也不會有。」

丁靈琳道：「爲什麼？」

黃衣人道：「因爲我們已奉命來保護這裡的安全，保護新人平平安安的進洞房。」

丁靈琳道：「有你們在這裡，就不會再有人來惹事生非？」

黃衣人道：「若是有一個人敢來，長安城裡今夜就要多一個死人。」

丁靈琳道：「若有一百個人敢來，長安城裡就要多一百個死人？」

黃衣人道：「多一百另四個。」

這句話已說得很明白，他們四人顯然不是一百個人的敵手，可是來的人也休想活著回去。

丁靈琳輕輕吐出口氣，道：「你們是奉了誰的命令而來的？」

黃衣人已閉上嘴。

丁靈琳道：「你們是不是金錢幫的人？」

黃衣人一句話也不再說，板著臉，一個跟著一個，走進了擺喜酒的大廳。

然後四個人就分成四個方向，動也不動的站在四個角落裡。

老掌櫃的也不禁吐出口氣，還沒有開口，突然外面已有人在問：「這裡是不是鴻賓客棧？」

這次來的，竟是個鶉衣百結，披頭散髮的乞丐，還揹著口破破爛爛的大麻袋。

他當然不會是來送禮的，世上只有要錢要米的乞丐，從來也沒有送禮的乞丐。

老掌櫃皺了皺眉，道：「你來得太早了，現在還沒有到發賞的時候。」

這乞丐卻冷笑了一聲，道：「你怎麼知道我是來討賞的？」

老掌櫃怔了怔：「你不是？」

乞丐冷冷道：「你就算把這客棧送給我，我也未必會要。」

這乞丐的口氣倒不小。

老掌櫃的苦笑道：「難道你也是來喝喜酒的？」

「不是。」

「你來幹什麼？」

「來送禮。」

像送禮的不送，不像送禮來的，反而送來了。

老掌櫃嘆了口氣：「禮物在哪裡？」

「就在這裡。」

乞丐將背上的破麻袋往櫃台上一擲，十幾顆晶瑩圓潤的珍珠，的溜溜從麻袋裡滾了出來。

老掌櫃怔住。

丁靈琳也吃了一驚。

就只這十幾顆珍珠，已價值不菲，她雖然生長在豪富之家，卻也很少見到過。

誰知麻袋裡的東西還不止這些，一打開麻袋，滿屋子都是珠光寶氣，珍珠、瑪瑙、貓兒眼、祖母綠、奇珍異寶，數也數不清，也不知有多少。

老掌櫃已張大了眼睛，連嘴都合不攏來，他連作夢都沒看見過這麼多珠寶。

乞丐道：「這些都是送給丁姑娘添妝的，你好生收下。」

老掌櫃倒抽了口涼氣，陪笑道：「大爺高姓？」

乞丐冷冷道：「我不是大爺，我是個窮要飯的。」

他身子一轉，人已到了門外，身手之快，江湖中也不多見。

丁靈琳想攔住他，已來不及了，再趕出去，街上人來人往，卻已看不見那乞丐的影子。

他究竟是什麼人？爲什麼要送如此重的禮？

老掌櫃忽然道：「這裡還有張拜帖。」

鮮紅的拜帖，上面寫著：郭公子丁姑娘大喜：落款是：牒兒布、多爾甲、布達拉、班察巴那同賀。

丁靈琳又怔住。

老掌櫃道：「丁姑娘也不認得他們四位？」

丁靈琳苦笑道：「非但不認得，連這四個名字都沒聽過。」

像這麼稀奇古怪的名字，聽過的人確實不多。

老掌櫃皺眉道：「姑娘若連他們的名字都未聽過，他們怎麼會送如此重的禮？」

丁靈琳也想不通。

老掌櫃只好笑了笑，道：「不管怎麼樣，人家送禮來，總是好意。」

丁靈琳嘆了口氣，還沒有開口，外面居然又有人在問：「這裡是不是鴻賓客棧？」

完全同樣的一句話，來的卻是完全不同的三個人。

前兩次來的人，已經是怪人，這次來的人卻更奇怪。

如此嚴寒天氣，這個人身上居然只穿著件藍衫，頭上卻戴頂形式奇古的高帽，蠟黃的臉，稀稀疏疏的山羊鬍子，看來彷彿大病初癒，卻又偏偏一點都不怕冷。

他本來拿著把雨傘，右手提著口箱子，雨傘很破舊，箱子卻很好看，看來非革非木，雖不知用什麼做的，但無論誰都可以看得出這是口很值錢，也很特別的箱子，手把上甚至還鑲著碧玉。

他身上穿的雖單薄，氣派卻很大，兩眼上翻，冷冷道：「這裡是不是有個姓郭的在辦喜事？」

老掌櫃點點頭，看著他手裡的箱子，試探著問：「客官是來送禮的？」

「不是。」

「是來喝喜酒的？」

「也不是。」

老掌櫃只有苦笑，連問都沒法子再問下去了。

丁靈琳卻忽然問道：「你就是南宮浪？」

藍衣人冷笑，道：「南宮浪算什麼東西。」

丁靈琳鬆了口氣，展顏笑道：「他的確不是個東西。」

藍衣人道：「我是東西。」

丁靈琳又怔了怔，自己說自己是「東西」的人，她也從來沒見過。

藍衣人板著臉，道：「你為什麼不問，我是什麼東西？」

丁靈琳道：「我正想問。」

藍衣人道：「我是禮物。」

丁靈琳道：「你姓李？」

藍衣人道：「不是姓李的李，是禮物。」

丁靈琳瞪大了眼睛，看著他，這個人的確像是個怪物。

怪物她倒見過，可是一個會說話，會走路的「怪物」，她簡直連聽都沒聽過。

藍衣人道：「你就是丁靈琳？」

丁靈琳點點頭。

藍衣人道：「今天就是你大喜的日子？」

丁靈琳又點點頭。

藍衣人道：「所以有人送我來做賀禮，你懂不懂？」

丁靈琳還是不懂，試探著問道：「你是說，有人把你當做禮物送給我？」

藍衣人嘆口氣，道：「你總算懂了。」

丁靈琳道：「我不懂。」

藍衣人皺眉道：「還不懂？」

丁靈琳苦笑道：「我要你這麼樣一個禮物幹什麼？」

藍衣人道：「當然有用。」

丁靈琳道：「有什麼用？」

藍衣人道：「我能救人的命。」

丁靈琳道：「救誰的命？」

藍衣人道：「救你老公郭定。」

丁靈琳動容道：「你能救得了他？」

藍衣人冷冷道：「我若救不了他，天下就絕沒有第二個人還能救得了他。」

丁靈琳看著他奇異的裝束，蠟黃的臉，看著他左手的雨傘，右手的箱子。

她的臉忽然間興奮而發紅。

藍衣人沉著臉道：「我不是來給你看的，也不喜歡女人盯著我看。」

丁靈琳道：「我知道。」

藍衣人道：「你知道？」

丁靈琳眼睛裡發著光，道：「我也知道你是什麼人了。」

藍衣人道：「我是誰？」

丁靈琳道：「你姓葛，你就是『萬寶箱，乾坤傘，閻王沒法管』葛病。」

藍衣人道：「你見過葛病？」

丁靈琳道：「我沒有見過，可是我聽葉開談起過。」

藍衣人道：「哦？」

丁靈琳道：「他說葛病從小就多病，而且沒有人能治得了他的病，所以他就想法子自己治，到後來竟成了天下第一神醫，連閻王都管不了他，因爲死人也常常被他救活。」

藍衣人突然又冷笑，道：「葉開又算是什麼東西？」

丁靈琳道：「他不是東西，他是你的朋友，我知道……」

她忽然過去，用力握住藍衣人的手，喘息著道：「是不是葉開叫你來的，他是不是還沒有死？」

藍衣人冷冷道：「你找錯人了。」

丁靈琳道：「我沒有。」

藍衣人道：「你是新娘子，你應該去找你的老公，爲什麼拉住我？」

他話裡顯然還有深意。

——你既然已嫁給了郭定，就不該再拉住我，也不該再找葉開。

丁靈琳的手慢慢鬆開，垂下，頭也垂下，黯然道：「也許我真的找錯人了。」

藍衣人道：「但我卻沒有找錯。」

丁靈琳道：「你……你要找郭定？」

藍衣人點點頭，道：「你若不想做寡婦，就趕快帶我去。」

珠寶還堆在櫃台上，藍衣人一直連看都沒有看一眼，門外的冷風，卻偏偏要將那張血紅的拜帖吹到他腳下。

他也沒有去撿，只不過低頭看了一眼。

只看了一眼，他臉上也已露出種奇怪的表情，忽然道：「這是誰送來的？」

丁靈琳道：「是個乞丐。」

藍衣人道：「什麼樣的乞丐？」

丁靈琳遲疑著，她沒有看清楚，她的心太亂。

老掌櫃總算還比較清醒冷靜：「是個年紀不太大的乞丐，總是喜歡翻白眼，說起話來，總像是要找人吵架。」

丁靈琳也想起了一件事：「他的身法很快，而且很奇怪。」

藍衣人道：「哪點奇怪？」

丁靈琳道：「他身子打轉的時候，就像是個陀螺一樣。」

藍衣人沉著臉，過了很久，忽然又問道：「這些珠寶裡，是不是有塊上面刻著四個妖魔的玉牌？」

有的。

老掌櫃很快就找了出來，上面刻著的，是四個魔神，一個手執智磐，一個手執法杖，一個手托山峰，還有一個手裡竟托著赤裸的女人。藍衣人看著這塊玉牌，瞳孔似在收縮。

丁靈琳忍不住問：「你知道這四個人是誰？」

藍衣人沒有回答，卻在冷笑。

郭定居然已能站起來。這藍衣人的神通，竟似真的連閻王都沒法子管。可是丁靈琳要謝他的時候，就發現他的人已不見了。丁靈琳也沒法子去找他。她已穿上了新娘子的吉服，老掌櫃請來的喜娘，正在替她抹最後一點胭脂。

客人們已到了很多，其中是不是有他們的熟人？楊天和呂迪是不是已來了？丁靈琳完全不知道。她現在當然不能再出去東張西望，她坐在床沿，全身似已完全僵硬。

外面樂聲悠揚，一個喜娘跑出去看了看，又跑回來，悄悄道：「客人已快坐滿了，新郎倌也已經在等著拜天地，新娘子也該出去了。」

丁靈琳沒有動。

——葛病是不是葉開找來的？葉開是不是還沒有死？

她的心在絞痛。

在外面等著的若是葉開，她早已像燕子般飛了出去。

丁靈琳勉強忍耐著，控制著自己，現在絕不能讓眼淚流下來。這本是她自己心甘情願的。

——葉開呢？

郭定是個好人，也是條男子漢，對她的感情，也許比葉開更深厚真摯。

葉開對她總是忽冷忽熱，吊兒郎當的樣子。何況，郭定還救了她的命，爲了報恩而嫁的女人，她並不是第一個。她在安慰自己，勸自己，可是她心裡還是忍不住要問自己：「這樣究竟是對？還是錯？」

這問題永遠也沒有人能回答的。

樂聲漸急，外面已有人來催了。丁靈琳終於站起來，彷彿已用盡了全身力氣，才站起來。喜娘用紅巾蒙住了她的臉，兩個人扶著她，慢慢的走了出去。走過長廊，走過院子，大廳裡吵得很，有各式各樣的聲音。只可惜其中偏偏少了一種她最想聽的聲音——葉開的笑聲。

現在無論葉開是不是還活著，都已不重要了。

她已走到郭定身旁，已聽見了喜官在大聲道：「一拜天地。」

喜娘們正準備扶著她拜下去，突聽一聲驚呼，一陣衣袂帶風聲來到她面前。

南宮浪？丁靈琳立刻想起了那幅畫，想起了畫上那個沒有臉的人，那柄滴著血的劍。她再也顧不了別的，忽然抬起手，掀起了蒙在臉上的紅巾。她立刻看到了一個人。

一個黑衣佩劍，臉色慘白，就像是幽靈般突然出現的人。這人就站在她面前，手裡還提著檀木匣子。

守在四角的黃衣人已準備圍過來，郭定的臉上也已變了顏色。

丁靈琳忽然冷笑，道：「南宮浪，我就知道你會來的。」

黑衣人搖搖頭，道：「我不是南宮浪。」

丁靈琳道：「你不是？」

黑衣人道：「我是來送禮的。」

丁靈琳道：「爲什麼直到現在才來送禮？」

黑衣人道：「雖然送得遲了些，總比不送好。」

丁靈琳看著他手裡提著的檀木匣子，道：「這就是你送來的禮？」

黑衣人點點頭，一隻手托起木匣，一隻手掀蓋子。站在丁靈琳旁邊的喜娘忽然大叫一聲，暈了過去。她已看見了匣子裝的是什麼。這黑衣人送來的禮物，竟是顆血淋淋的人頭。

是誰的人頭？

龍鳳花燭高燃，是紅的，鮮紅。血也是紅的，還沒有乾。丁靈琳的臉卻已慘白。

黑衣人看著她，淡淡道：「你若認爲我送的禮有惡意，你就錯了。」

丁靈琳冷笑道：「這難道還是好意？」

黑衣人道：「非但是好意，而且我可以保證，今天來的客人裡，絕沒有任何人送的禮比我這份禮更貴重。」

丁靈琳道：「哦？」

黑衣人指著匣子裡的人頭，道：「因爲這個人若是不死，兩位今天只怕就很難平平安安的過你們的洞房花燭夜。」

丁靈琳道：「這個人是誰？」

黑衣人道：「是個一心要來取你們項上人頭的人。」

丁靈琳聳然失聲，道：「是南宮浪？」

黑衣人道：「不錯，就是他。」

丁靈琳輕輕吐出口氣，道：「你是誰？」

黑衣人道：「本來也是南宮浪的仇人。」

丁靈琳道：「現在呢？」

黑衣人道：「現在是個已送過了禮，正等著要喝喜酒的客人。」

丁靈琳看著他，忽然發現自己好像已沒有什麼話可以再問。

大廳中擁擠著各式各樣的人，人叢裡突然有個針一般尖銳的聲音冷冷道：「戴著人皮面具來喝喜酒，只怕很不方便。」

黑衣人臉上雖然還是全無表情，瞳孔卻已突然收縮，厲聲道：「什麼人？」

那聲音冷笑道：「你永遠不會知道我是誰的，我卻知道你就是南宮浪。」

黑衣人突然出手，連匣子帶人頭一起向丁靈琳臉上砸了過去，背後的劍已出鞘。劍光一閃，直指郭定胸膛。這變化實在太快，他的出手更快。郭定能站著已很勉強，哪裡還能避得開他這閃電般的一劍。

丁靈琳也只有看著。一顆血淋淋的人頭迎面砸過來，無論誰都會吃一驚的。等她躲過去時，劍鋒距離郭定的胸膛已不及一尺。

她手裡縱然有奪命的金鈴，也未必來得及出手，何況新娘子身上，當然絕不會帶著兇器。

——沒有臉的人，滴著血的劍。

眼看著那幅圖畫已將變為真實，眼看著郭定已將死在他劍下。這世上幾乎已沒有人能救得了他。就在這一瞬間，突然又有刀光一閃。雪亮的刀光，比閃電還快，比閃電還亮，彷彿是從左邊的窗外射入的。

刀光一亮起，丁靈琳已穿窗而出，拋下了滿堂的賓客，拋下了劍鋒下的郭定。

拋下了一切！

因為她知道這一刀必定能救得了郭定，必定能擊退這黑衣人，這是救命的刀，已救過無數人的命，她知道世上只有一個人能發出這一刀。

只有一個人。

她絕不能讓這個人就這麼樣一走了之，她就算死，也要再看一看這個人。

廿二 四大天王

夜色深沉。

夜空中只有幾點疏星，淡淡的星光下，遠處彷彿有人影一閃。

她追得雖然快，這個人卻更快。

她穿窗而出，這個人已到了十丈外。

可是她絕不放棄，她明知自己是絕對追不上這個人的，可是她一定要追。

她用出了全身的力量追過去。

遠處更黑暗，連人影都看不見了，橫巷裡有個古老的祠堂，還燃著盞孤燈。

在這古老的長安城裡，到處都可以看到這種祠堂，破舊，冷落，無人。

她忽然停下來，放聲大呼：「葉開，我知道是你，我知道你還沒有走遠，一定還聽得見我說話。」

黑暗中既無回應，只有幾株還未凋零的古柏，在寒風中嘆息。

「不管你想不想出來見我，你都該聽完我要說的話。」她咬著嘴唇，勉強忍住眼淚：「我並沒有做對不起你的事，你若不願再見我，我也不怪你，但是……但是我可以死。」

冷如刀。

她忽然用力撕開衣襟，露出赤裸的胸膛。在黑暗中看來，她的胸膛像蝦子般發著光，風卻

她身子已開始不停的發抖。

「我知道你也許不相信我，我知道……但是這一次，我卻要死給你看。」

她伸出顫抖的手，從頭上拔下根八寸長的金釵，用盡全身力氣，往自己心口刺了下去。

她是真的想死。對她來說，這世界已沒有什麼值得留戀的地方。

家門慘變，兄弟飄零，天上地下，她已只剩下一個可以依賴的人。

她本已決心一輩子跟著這個人，可是現在這個人卻已連見都不願再見她一面。

金釵刺入胸膛，鮮血濺出。

就在這時，黑暗中忽然有條人影精靈般飛過來，握住了她的手。

「叮」的一聲，金釵落在屋脊上。

鮮紅的血，流過白雪般的胸膛。

她終於看見了這個人，這個令她魂牽夢縈，無論死活都忘不了的人。

她終於見到了葉開。

夜色淒迷，淡淡的星光，照著葉開的臉。

他看來彷彿還是老樣子，眼睛還是那麼明亮，嘴角還是帶著微笑。

可是你若仔細看一看，你就會發現，他的眼睛發亮，只不過是因爲淚光。

他雖然還是在笑，笑容中卻充滿了淒涼和悲傷。

「你不必這麼樣做的，」他輕輕嘆息，柔聲道：「你爲什麼要傷害自己？」

丁靈琳看著他，癡癡的看著他，整個人都似已癡了。

相見不如不見。

……爲什麼蒼天一定要安排他們再見這一次？爲什麼？

葉開顯然也在勉強控制著自己：「我知道你沒有對不起我，你也沒有錯，錯的是我。」

「你……」

葉開不讓她說下去：「你什麼都不必說，我什麼都知道。」

「你……你真的知道？」

葉開點點頭，黯然道：「我若是你，我一定也會這麼樣做，郭定是個很有前途的年輕人，是個好人，你當然絕不能看著他爲你而死。」

丁靈琳淚水又春泉般湧出：「可是我……」

「你是個很善良的女孩子，你知道只有這麼樣做，才能讓郭定覺得還可以活下去。」

葉開嘆息著：「一個人若已連自己都不想再活下去，天下就絕對再也沒有人能救得了他，連葛病也一樣不能。」

他的確瞭解郭定，更瞭解她。世上絕沒有任何事能比這種同情和瞭解更珍貴。

丁靈琳就像是個受了委屈的孩子，忽然撲在他懷裡，放聲痛哭起來。

葉開就讓她哭。

哭也是種發洩。他希望她心裡的委屈和悲痛，能隨著她的眼淚一起流出來。

可是他自己呢？

他絕不能哭，甚至連默默的流幾滴眼淚都不行，他知道在他們兩個人之間，至少，要有一個人是堅強的。

他一定要堅強起來，無論多麼大的委屈和悲痛，他都一定要想法子隱藏在心裡，咬著牙忍受。

他能忍受。

夜更深，風更冷。

也不知過了多久，她的痛哭終於變成了低泣，葉開才輕輕推開她，道：「你應該回去了。」

丁靈琳愕然道：「你叫我回去？回到哪裡去？」

葉開道：「回到你剛才出來的地方。」

丁靈琳道：「爲什麼？」

葉開道：「別人一定已等得很著急。」

丁靈琳突又冰冷僵硬：「你……你還是要我回去嫁給郭定？」

葉開硬起了心腸道：「你絕不能就這麼拋下他。你也應該知道，你若像這麼樣一走，他一定沒法子再活下去。」

丁靈琳也不能不承認，郭定之所以還有求生的鬥志，全是因爲她。

葉開的心已抽緊：「郭定若真的死了，非但我絕不能原諒你，你自己也一定永遠不會原諒自己的。」

——那麼，我們兩個人就算能在一起，也必將痛苦一輩子。

他沒有說出下面的話，他知道丁靈琳一定也能瞭解。

丁靈琳垂著頭，過了很久，才淒涼道：「我回去，你呢？」

「我能活得下去的。」葉開想勉強自己笑一笑，卻笑不出：「你應該知道我一向是個堅強的人。」

「我們以後難道永遠也不能再見？」

「當然還能再見。」

葉開的心在刺痛，這是他第一次對她說謊，他不能不這麼樣說……只要事情過去，我們當然還能再見。

丁靈琳忽然抬起頭，盯著他：「好，我答應你，我回去，可是你也要答應我一件事。」

「你說。」

「若是事情已過去，我還是找不到你，所以你一定要告訴我，你在哪裡？」

葉開避開了她的目光：「只要知道事情已過去，用不著你找我，我會去找你。」

丁靈琳道：「我若能好好解決所有的事，郭定若能好好的活著，你就會來找我？」

葉開點點頭。

「你說的是真話，你真的沒有騙我？」

「真的。」

葉開的心已碎了。

他自己知道自己說的並不是真話，但丁靈琳卻已完全相信。

——人們爲什麼總是要欺騙一個對自己最信任的人？

因爲他無可奈何。

——生命中爲什麼要有這麼多無可奈何的悲傷和痛苦？

他不知道，也無法瞭解。

他只知道自己只有這一條路可走，一條寂寞而漫長的路。

——一個真正的男子漢，若是到了必要的時候，總是會犧牲自己，成全別人的。

丁靈琳終於下定決心：「好，我現在就走，我相信你。」

「我……我以後一定會去找你。」

丁靈琳點點頭，慢慢的轉過身，彷彿已不敢再多看他一眼。

她生怕自己會改變主意。

她轉過身，將星光留在背後，將生命也留在背後，她用力握緊雙拳，用出了所有的力量，終於說出了三個字：

「你走吧。」

葉開走了。

他沒有再說一句話，他不敢再說。他也用出了所有的力量，才控制住自己。

寒風如刀，他迎風飛奔，遇到黑暗處，然後就彎下了腰，開始不停的嘔吐。

人們到了最悲傷痛苦的時候，爲什麼總是會變得無淚可流，反而會嘔吐？

丁靈琳也在嘔吐。她不停的嘔吐，連膽汁苦水都已吐出來。

可是她已下定決心，葉開既然還沒有死，她就絕不能嫁給別人。

無論在什麼情況下都不能去嫁別人，就算死，也不能。

她已決心要回去告訴郭定，將她的感情，她的痛苦都告訴郭定。

郭定若真的是個男子漢，就應該瞭解，就應該自己站起來，活下去。

她相信郭定是個男子漢。

她相信這一切事都會圓滿解決的，到那時，葉開一定就會來找她。

用不了多久，所有的苦難，很快就會過去。她有信心。

鴻賓客棧的大廳裡，燈火依舊輝煌，還有一陣陣悠揚的笛聲傳出來。

現在那黑衣人一定已逃走，郭定一定還活著，大家一定還在等著她。

她竄下屋脊，走入大廳。

她的人忽然完全冰冷，就像是忽然落入了一個寒冷黑暗的萬丈深淵裡。

就像是忽然落入了地獄裡。

大廳裡甚至已變得比地獄裡還可怕。

地獄裡燃燒著永不熄滅的火焰，火焰是紅的。

這大廳裡也是紅的，但最紅的卻不是那對龍鳳花燭，也不是人身上的衣服，而是血。

鮮血！

她能看得到的人，都已倒了下去，倒在血泊中，這大廳裡已只剩下一個活人：一個人還在吹笛。

他的臉上已完全沒有血色，眼睛發直，人已僵硬，但卻還在不停的吹。

他雖然還活著，卻已失去了魂魄。

沒有人能形容這種笛聲聽在丁靈琳耳裡時，是什麼滋味；甚至沒有人能想像。

郭定已永遠聽不到她的解釋和苦衷，他已倒在血泊中，和那黑衣人倒在一起，還有那個善良的老人，還有……

丁靈琳沒有再看下去，她的眼前只有一片鮮紅的血，已看不到別的。

這究竟是誰下的毒手？究竟是爲了什麼？

她也已無法思索，她倒了下去。

丁靈琳再次張開眼時，第一眼看見的，是口華貴而精美的箱子。萬寶箱。

那藍衣高冠的老人，正站在床前，凝視著她，眼睛裡也充滿了悲痛和憐憫。

丁靈琳想掙扎著坐起來，葛病卻按住了她的肩，她只有再躺下。

她知道是這老人救了她，可是……

「郭定呢？你有沒有救他？」

葛病黯然搖頭，長長嘆息，道：「我去遲了……」

丁靈琳突然大叫：「你去遲了？……你爲什麼要溜走？」

葛病道：「因爲我要趕著去找人。」

丁靈琳還在叫道：「你爲什麼要去找人？爲什麼？」

她已完全無法控制自己，她已接近崩潰。

等她的激動稍稍平靜，葛病才沉聲道：「因爲我一定要去找人來制止這件事。」

丁靈琳道：「你早已知道會有這件事發生？」

葛病嘆道：「看見了那袋珠寶，看見了那四個人的名字時，我就已知道。」

丁靈琳道：「你知道那四個人是誰？」

葛病點點頭。

「他們究竟是誰？」

「是魔教中的四大天王。」

丁靈琳又倒下，就像是突然被一柄鐵鎚擊倒，連動都不能動了。

葛病徐徐的道：「當時我沒有說出來，就因爲我怕你們聽了後，會驚慌恐懼，我不願意影響到你們的喜事。」

喜事！那算是什麼樣的喜事？

丁靈琳又想跳起來，又想大叫，卻已連叫的力氣都沒有。

葛病道：「何況我也看見了那四個黃衣使者，我認爲金錢幫既然已插手要管，就算魔教的四大天王，也不能不稍有顧忌。」他黯然嘆息，又道：「但我卻想不到這件事中途竟又有了變化。」

「你是不是認爲葉開一定會在暗中照顧的？」

葛病只有承認。

「所以你想不到葉開會走，也想不到我會走。」

丁靈琳的聲音很虛弱。

她整個人都似已空了。

葛病嘆道：「我應該想到他可能會走的，因爲他並沒有看見那塊玉牌，也沒有看見那袋珠寶。」

丁靈琳忍不住問：「他們送那袋珠寶來，難道也有特殊的意思？」

「有！」

「是什麼意思？」

葛病一字字道：「他們送那袋珠寶來，是來買命的。」

丁靈琳駭然道：「是買命的？」

葛病道：「魔教中的四大天王，一向很少自己出手殺人。」

丁靈琳道：「爲什麼？」

葛病道：「因爲他們相信地獄輪迴，從不願欠下來生的債。所以他們每次自己出來殺人前，都會先付出一筆代價，買人的命。」

丁靈琳忽然又問：「你怎麼會知道我走了，葉開也走了？」

「有人告訴我的。」

「什麼人？」

「那個吹笛人。」

想起了那凄涼的笛聲，丁靈琳不禁打了個寒噤：「他親眼看見了這件事？」

葛病長嘆，道：「從頭到尾，他都在看著，所以若不是遇見了我，他只怕終生都要變成個瘋癲的廢人了。」

丁靈琳又問：「他也看見了那四大天王的真面目？」

無論誰看見這種事，都會被嚇瘋的。

「沒有。」

「爲什麼？」

「因爲四大天王爲復仇殺人時，臉上總是戴著魔神的面具。」

「復仇？他們是爲了誰復仇？」

「玉簫道人。」

葛病道：「玉簫道人是死在郭定手下的。」

「玉簫道人也是四大天王之一？」

「他就是愛慾天王，班察巴那。」

丁靈琳用力握緊了雙手，身子還是在不停的發抖：「郭定殺玉簫道人，是爲了我。」

「我知道。」

「我若不追出去，葉開就不會走。」

「……」

丁靈琳又在流淚：「葉開若不走，也許就不會發生這件事。」

葛病卻搖搖頭，道：「你用不著埋怨自己，這一切本就在他們的計劃之中。」

丁靈琳不懂。

葛病道：「那黑衣人並不是南宮浪，我認得南宮浪。」

丁靈琳又吃了一驚：「他不是南宮浪是誰？」

葛病道：「他也是魔教中的人。」

丁靈琳道：「他忽然出現，就是爲了要逼葉開出手？」

葛病嘆道：「他們的確早已算準了葉開一定會出手救郭定，也算準了只要葉開一現行蹤，你就一定會追出去。」

——他們當然也算準了只要丁靈琳一追出去，葉開就一定會走。

魔教中的四大天王行動之前，一定都早已有了極完美周密的計劃。

所以他們只要出手，就很少落空。

丁靈琳恨恨道：「這麼樣看來，那個故意揭破黑衣人陰謀，故意說他是南宮浪的人，很可能就是四大天王之一。」

「很可能。」葛病忽然又道：「你聽不聽得出他的聲音？」

丁靈琳聽不出。

「我只覺得那人說話的聲音，比尖針還刺耳。」

「你聽不聽得出他是男是女？」

「是男的。」

「一個人說話的聲音，是從喉嚨裡一條帶子般的器官發出來的。」葛病緩緩道：「男人成長之後，這條帶子就會漸漸變粗，所以男人說話的聲音，總比女人低沉粗啞些。」

丁靈琳從來也沒有聽見過這些事，可是她每個字都相信。

因爲她知道葛病是天下無雙的神醫，對人類身體的構造，當然比任何人懂得的都多。

她也聽說過，魔教中有種功夫，可以使一個人喉嚨裡這條帶子收縮，聲音改變。

葛病道：「所以一個正常的男人，說話的聲音絕不會太尖銳，除非……」

丁靈琳搶著道：「除非他是用假嗓子說出來的。」

葛病點點頭，道：「你再想想，他說話爲什麼要用假嗓子？」

丁靈琳道：「因爲他怕我聽出他的聲音來。」

葛病道：「爲什麼？」

丁靈琳道：「因爲我一定見過他，聽過他的聲音。」

葛病道：「那天去賀喜的都有些什麼人？其中又有幾個是你見過的？」

丁靈琳不知道，「我根本沒有機會看。」咬著牙道：「有機會看見的人，現在已全都被殺了滅口。」

葛病也不禁握緊了雙拳。

魔教行動的計劃，不但周密，而且狠毒。

「但他們還是留下了一條線索。」葛病沉思著說。

「什麼線索？」

葛病道：「主持這次行動的兇手，當時一定在那喜堂裡。」

丁靈琳道：「一定在。」

葛病道：「當時在喜堂中的人，現在還活著的一定就是兇手，兇手很可能就是四大天王。」

丁靈琳眼睛裡發出了光：「所以我們只要能查出當時在喜堂中有些什麼人，再查出現在還有些什麼人活著，就知道四大天王究竟是誰了。」

葛病點點頭，他的眼睛並沒有發光。因為他知道這件事說來雖簡單，要去做卻很不容易。

「只可惜我們現在既不知道當時在那喜堂中有些什麼人，更不知道現在還活著的有些什麼人。」

丁靈琳道：「但我們至少可以先查出有些什麼人送過禮？死的又是些什麼人？」

葛病的眼睛也亮了。

丁靈琳道：「每個來送禮的人，我們都已記在禮簿上。」

葛病立刻問道：「那禮簿呢？」

丁靈琳道：「想必還在鴻賓客棧的帳房裡。」

葛病道：「現在天還沒有亮，那些死屍想必也還在喜堂裡。」

丁靈琳道：「這裡是什麼地方？」

葛病道：「離鴻賓不遠。」

丁靈琳跳起來，道：「那我們還等什麼？」

葛病看著她，目中露出憂慮之色。她受的刺激已太多，現在若是再回到那喜堂裡，再看見那些鮮血和屍體，甚至很可能會發瘋。他想說服她，要她留下來，可是他還沒有開口，丁靈琳已衝出去，這女孩子竟遠比他想像中堅強得多。

禮堂中沒有人——連死人都沒有。葛病的擔心，竟完全是多餘的，他們到了鴻賓客棧，立刻就發現所有的屍體都已被搬走。帳房裡也是空的，沒有人，更沒有禮簿，所有的禮物也全都被搬空。

丁靈琳怔住。現在夜還很深，她離開這裡並沒有多久，魔教的行動，實在快得可怕。

葛病忽然問道：「四大天王送來那袋珠寶，本來是不是也在這帳房裡？」

丁靈琳點點頭。

葛病道：「那麼這件事就一定不是魔教中人做的。」

丁靈琳道：「爲什麼？」

葛病道：「因爲那袋珠寶本是他們用來買命的，現在命已被他們買去，他們就不會收回那些珠寶。」

丁靈琳道：「所以屍體也不是他們搬走的。」

葛病道：「絕不是。」

丁靈琳道：「不是他們是誰？除了他們外，還有誰會有這麼快的手腳？」

要搬空那些屍體和禮物，並不是件容易事。別人要那些屍體，也完全沒有用。

丁靈琳實在想不通，葛病也想不通。

風從窗外吹進來，吹到她身上，她忽然機伶伶打了個寒噤。風吹進來的時候，竟赫然又有一陣笛聲隨風傳了進來。

笛聲淒涼而悲哀，丁靈琳立刻又想起了那吹笛人蒼白的臉。她忍不住問：「你剛才沒有把他帶走？」

葛病搖搖頭。

「他爲什麼還留在這裡？」

「他又看見了什麼？」

葛病和丁靈琳已同時穿窗而出，他們都知道，能回答這問題的只有一個人。

他們一定要找到這個吹笛的人。

廿三　吹笛的人

沒有人。死人活人都沒有。

有的燈火已殘，有的燈光已滅，冷清清的客棧，冷清清的院子。

屍體雖然已被搬走，院子還是充滿了血腥氣，晚風更冷得可以令人血液凝結。

那吹笛的人呢？

縹縹緲緲的笛聲，聽來彷彿很近，又彷彿很遠。

他們在屋裡時，笛聲彷彿就在院子裡，他們到了院子裡，笛聲卻又在牆外。

牆外的夜色濃如墨。

他們掠過積雪的牆頭，無邊的夜色中，只有一盞孤燈，閃爍如鬼火。

燈下彷彿有條幽靈般的人影，彷彿正在吹笛。

這個人是誰？

是不是剛才那個吹笛人？

他爲什麼要一個人在孤燈下吹笛？莫非是特地在等他們？

如此惡夜，他還孤零零的留在這裡等他們，是爲了什麼？

這些問題，也只有一個人能回答。

孤燈懸在一根枯枝上隨風搖晃。

丁靈琳看過這種燈籠，是鴻賓客棧在晚上迎客用的燈籠。

但她卻看不清這個人。

她想衝過去，葛病已拉住了她，她可以感覺到這老人的手心全是冷汗。

一個人年紀愈大，愈接近死亡的時候，爲什麼反而愈怕死？

丁靈琳咬著嘴唇，壓低聲音，道：「你不妨先回客棧，我一個人過去看看。」

葛病嘆了口氣。

他知道她誤會了他的意思，他並不是在爲自己擔心，而是在爲她。

「我已是個老人，已沒有什麼可怕的，不過……」

丁靈琳打斷了他的話，道：「我明白你的意思，可是我一定要過去看看。」

笛聲忽然停頓，黑暗中忽然有人冷冷道：「我知道你們一直在找我，現在爲什麼還不來？」

聲音尖銳，比尖針還刺耳。

丁靈琳手心也沁出了冷汗。

她聽過這聲音。

無論誰聽過這聲音，只要聽過一次，就永遠也忘不了。

這個人難道就是魔教中的四大天王之一？

葛病臉色已變了，低聲道：「你究竟是什麼人？」

孤燈下有人在冷笑：「你爲什麼不過來看看我是什麼人？」

丁靈琳當然要過去。

她縱然明知道一過去就必死無疑，也非過去看看不可。

但葛病卻還是在緊緊握著她的手，搶著道：「我遲早總會知道你是誰的，我並不著急。」

丁靈琳道：「我著急。」

她突然回身一撞，一個肘拳打在葛病肋骨上，她的人已衝過去。

燈光卻忽然滅了。

寒風吹過大地，大地一片黑暗。

可是丁靈琳已衝到這個人面前，已看清了這個人的臉。

一張蒼白而扭曲的臉，一雙充滿了驚嚇恐懼的眼睛，眼睛已凸出，正死魚般瞪著丁靈琳。

丁靈琳也看過這張臉，看過這個人。

這正是那個癡癡的站在血泊中，已被嚇瘋了的吹笛人；也正是喜堂中唯一還活著的人。

難道他就是殺人的兇手？

丁靈琳握緊雙拳，忽然發覺一滴鮮血正慢慢從他眼角沁出，流過他蒼白的臉。

寒風吹過，她忍不住又機伶伶打了個寒噤。

她忽然發現這個人竟已是個死人。

死人怎麼會說話？

死人怎麼會吹笛？

死人絕不會說話，更不會吹笛。

他手裡根本沒有笛。

剛才的笛聲，是從哪裡發出來的？

丁靈琳一步步向後退，剛退出兩步，突然間，一隻手伸出來，閃電般握住了她的手。

冰冷的手，冰冷而僵硬。

死人怎麼還能出手？

丁靈琳的手也已冰冷，幾乎又要暈了過去。

她沒有暈過去，因爲她已發現這隻手是從死人身子後面伸出來的。

但這隻手實在太冷，比死人的手還冷。

不但冷，而且硬；比鐵還硬。

這實在不像是活人的手，丁靈琳用盡全身力氣，也掙不脫。

死人身後又傳出了那比針尖還細的聲音：「你是不是真的想看看我是誰？」

丁靈琳用力咬著嘴唇，嘴唇已被咬出血來。

「你若知道我是誰，你就得死。」他的手更用力：「現在你還想不想看我？」

丁靈琳突然用力點頭。

一個人若是活到她這種情況，死還有什麼可怕的？

她盯著這個人的手，這隻手在黑暗中看來，就像是金屬般發著光。

他的衣袖是藏青色的，上面繡著青色的山峰。

「布達拉」天王。

孤峰。

丁靈琳的心也在發冷。

她甚至希望自己遇著的是鬼。

在江湖中人心裡，魔教中的四大天王，實在比厲鬼還可怕。

她不怕死。

可是她也知道，一個人若是落入魔教手裡，那遭遇也一定比死更可怕。

她從這個人的手，看到衣袖，再慢慢的往上看……她終於看到了他的臉。

一張死人般蒼白冷漠的臉。

在丁靈琳眼中看來，這張臉已比死人更可怕。她終於忍不住叫了起來，大叫：「是你？」

「你想不到是我？」

「你……你就是布達拉？」

「不錯，我就是布達拉，就是孤峰之王，高不可攀，孤立雲霄的山峰，無論誰看到了我的真面目，都只有兩條路可走。」

兩條路？除了死路外，居然還有條別的路？

「你並不是非死不可的，只要你肯入我們的教，就是我們的人，就可以永遠活下去。」

「永遠活下去？」丁靈琳突然冷笑：「我至少已看過七八個你們魔教的人，像野貓一樣被人割下了腦袋。」

「他們就算死，也死得很愉快。」

「愉快？有什麼愉快？」

「因爲殺他們的人，都已付出代價。」

想到喜堂中的血泊和屍體，丁靈琳幾乎忍不住要嘔吐。

孤峰天王道：「現在你雖然活著，也是生不如死，可是只要你肯入我們的教，無論你是死是活，都沒有人敢欺負你。」

丁靈琳又用力咬住了嘴唇，這句話的確已打動了她。

最近她受的委屈實在太多。

孤峰天王看著她，兀鷹般的眼睛裡，帶著種輕蔑的譏誚之意，冷冷道：「我知道你並不是真的想死，沒有人真的想死。」

丁靈琳垂下了頭。

她還年輕，還沒有真正享受過人生，爲什麼一定要死？

一個受盡了委屈和折磨的女孩子，有機會去折磨折磨別人，豈非也是件很愉快的事。

這誘惑實在太大。

能拒絕這種誘惑的女孩子，世上本就不多，何況丁靈琳本是個爭強好勝的人。

孤峰天王當然知道這一點，淡淡道：「你不妨考慮考慮，只不過我還要提醒你兩件事。」

丁靈琳在聽著。

孤峰天王道：「要入我們的教，並不是件容易的事，你能有這麼樣一個機會，實在是你的運氣。」

他慢慢的接著道：「只因爲現在正是本教重開教門，另立教宗的時候，你錯過這次機會，一定會後悔終生的。」

丁靈琳忽然問道：「你是不是要我拜在你的門下？」

孤峰天王傲然道：「能拜在我的門下，也是你的運氣。」

丁靈琳道：「我是不是對你有用？」

孤峰天王沒有否認。

丁靈琳道：「我對你有什麼用？」

孤峰天王道：「以後你自然會知道的。」

丁靈琳道：「現在……」

孤峰天王打斷了她的話：「你對我有用，我對你更有用，人與人之間，本就是在互相利用，你能夠有被人利用的價值，所以你才能活下去。另外我還要提醒你一件事。」

丁靈琳遲疑著，道：「你說你還要提醒我一件事？」

孤峰天王道：「你也不必再等葛病來救你，他絕不會救你的，他也不敢。」

丁靈琳又忍不住問：「爲什麼？」

孤峰天王道：「因爲他也是本教中的弟子，多年前就已入了教。」

丁靈琳怔住。

孤峰天王道：「你不信？」

丁靈琳實在不信。

她認得葛病雖不久，可是她對這個人一向都很尊敬。

因爲她知道葛病是葉開的朋友，是個極孤高、極有才能的人。

她絕不相信葉開的朋友，會是個臉上一直戴著僞善面具的卑鄙小人。

可是葛病已走過來，垂著手，站在孤峰天王身旁，就像是奴才站在主人身旁一樣。

丁靈琳的心沉了下去。

孤峰天王冷冷道：「現在你信不信？」

丁靈琳雖然已不能不信，卻還是忍不住要問葛病：「你真的是魔教門下？」

葛病居然承認。

丁靈琳握緊雙拳，冷笑道：「我還以為你一直都在關心我，幫著我，我還以為你是我的朋友，想不到你竟是這種無恥的小人。」

葛病的臉上全無表情，就像是已變成了個聾子。

丁靈琳道：「你知不知道我一直都很尊敬你，不但尊敬你的醫道，也尊敬你是個君子，你為什麼要自甘墮落呢？」

孤峰天王道：「加入本教，並不是自甘墮落。」

丁靈琳長長吐出口氣，道：「好，很好，你趕快殺了我吧。」

孤峰天王道：「你已決定？」

丁靈琳道：「不錯。」

孤峰天王道：「你寧願死？」

丁靈琳道：「是的。」

孤峰天王也不禁顯得很驚訝：「為什麼？」

丁靈琳又叫了起來：「因為我現在已知道，無論誰只要一入了你們魔教，都會變成個見不得人的卑鄙小人。」

孤峰天王的瞳孔在收縮，緩緩道：「你不想再考慮考慮？」

丁靈琳斷然道：「我已不必再考慮。」

孤峰天王看著她，忽然嘆了口氣，道：「葛病。」

葛病道：「在。」

孤峰天王道：「她這條命，好像是你剛救回來的。」

葛病道：「是。」

孤峰天王道：「所以你已不必再買她的命。」

葛病道：「是。」

孤峰天王道：「現在你不妨再把她這條命拿走。」

葛病道：「是。」

他慢慢的放下萬寶箱，右手的乾坤傘，已向丁靈琳眉心點了過去。

萬寶箱是救人的，乾坤傘卻是殺人的。

他殺人的動作快而準確，完全不像是個老人的出手。他比大多數人都瞭解，一個人身上有些什麼地方是真正致命的要害。

眉心之間就是真正致命的要害。

沒有人能受得了他這一擊；可是丁靈琳沒有閃避，反而冷笑著迎了上去，她知道已無法閃避。

她的手腕還被握在孤峰天王鋼鐵般的手裡。

乾坤傘的鐵尖，已閃電般到了她眼前，她看見寒光在閃動，忽然又聽見「嘣」的一聲輕響，就彷彿有兩根鋼針撞擊。

接下去的事，就快得使她連看都看不清。

她只感覺到孤峰天王的手突然鬆開，突然凌空躍起翻身。她還彷彿看見孤峰天王身子躍起時，伸手在葛病背上一拍，這一招快如閃電，她實在也沒有看清楚。

她唯一看清楚的事，是孤峰天王已走了，葛病已倒了下去，但她卻還是好好的站在那裡。

她實在不懂這究竟是怎麼回事？

夜色更深，風更冷，那破舊的燈籠，還在枯枝上搖晃；吹笛人的屍身還在枯枝上搖晃。

孤峰天王卻已消失在黑暗中。

葛病正伏在地上，不停的咳嗽，每咳一聲，就有一股鮮血濺出。

風吹過他背上時，他背上的衣服突然有一片被風吹成了灰，露出了一個掌印。

鮮紅的掌印。

丁靈琳從來也沒看見過這麼可怕的掌力，但卻已總算明白了這是怎麼回事。

她還活著，還能好好的站在這裡，只因爲葛病非但沒有殺她，反而救了她。

他冒著生命的危險救了她。而葛病自己現在卻已命如遊絲，這種救命的恩情，也像是一根針，忽然刺痛了她的心。

無論是悲傷也好，是感激也好，一種感情只要太強烈，就會變得像尖針般刺人。

她蹲下來，抱住了葛病。

她的心在刺痛，胃在收縮，但卻完全不知道應該怎麼幫助這個救命恩人。

她的眼淚已滴在他身上。

葛病喘息著，總算忍住了咳嗽，忽然道：「快……快打開我的箱子。」

丁靈琳立刻抓起了箱子，打開。

葛病道：「裡面是不是有個黑色的木瓶？」

裡面是有的。

丁靈琳剛找出來，葛病就搶過去，咬斷瓶頸，把一瓶藥全都倒在嘴裡。

然後他的喘息才漸漸平息。

丁靈琳也鬆了口氣。

「萬寶箱，乾坤傘，閻王沒法管。」連閻王都沒法管的人，當然不會死。

他既然能救別人的命，當然也能救自己。

可是葛病的臉色還是那麼可怕，連眼睛裡的神采都已消失。

現在他的臉色絕不比那吹笛人的臉色好看多少。

丁靈琳又不禁為他憂慮：「我扶你回客棧去好不好？」

葛病點點頭，剛站起來，又跌倒，又是一口鮮血嗆了出來。

丁靈琳咬緊牙，恨恨道：「他爲什麼要如此狠心，爲什麼要下這種毒手？」

葛病忽然勉強笑了笑，道：「因爲我對他也下了毒手。」

丁靈琳不懂，她根本沒有看見葛病向孤峰天王出手。

葛病道：「你看看我的傘。」

丁靈琳看見了。

葛病道：「你看看傘柄。」

丁靈琳這才發現，傘柄是空的，頂端還有個尖針般大的洞。

她終於明白：「這裡面藏著暗器？」

葛病在笑，痛苦卻使得他的笑看來比哭還令人悲傷：「這裡不但有暗器，而且是種很毒的暗器。」

他的乾坤傘，本就是殺人的。

「我對你出手時，傘柄正對著他。」

丁靈琳完全明白：「你用傘尖刺我時，傘柄裡的暗器就射了出來。」

葛病點點頭，彷彿想大笑：「他作夢也想不到我會對他出手的，他畢竟還是上了我的當。」

丁靈琳眼睛亮了：「他已中了你的暗器？」

葛病又點點頭，道：「所以他的掌力雖可怕，我們也不必怕他了。」

喜堂裡燈光陰森而黯淡，可是鴻賓客棧裡，已只剩下這地方還有燈光。

所以丁靈琳只有把葛病帶到這裡來，這裡雖沒有床，卻有桌子。

地上的血漬已乾了，她從帳房裡找來幾條棉被，墊在葛病身下。

他的臉色還是很可怕，只要一咳嗽，嘴角還是有血絲沁出。

幸好他還有個救命的萬寶箱。

丁靈琳看著他臉上的痛苦表情，忍不住問：「箱子裡還有沒有別的藥可以讓你吃了舒服些？」

葛病搖搖頭，苦笑道：「要命的藥有很多種，可是真正能救命的藥，通常卻只有一種。」

丁靈琳也勉強笑了笑，道：「不管怎麼樣，你總算已救了你自己的命。」

葛病看了她一眼，慢慢的閉上眼睛，彷彿想說什麼，卻沒有說出來。

丁靈琳道：「我知道你一定很快就會好的，因爲你實在是個好人。」

葛病又笑了。

丁靈琳卻情願他不要笑，他的笑容連看的人都覺得痛苦。

冷風如刀。

丁靈琳已將門窗全都關了起來，刀鋒般的冷風，卻還是一陣陣從門縫窗隙裡刺進來。

她忽然道：「你知道我在想什麼？」

「你想喝酒？」

丁靈琳笑了，這次是真的笑了，因爲她已看見屋角裡擺著幾罈酒。

她搬來一罈，拍碎了封泥。

酒很香。丁靈琳嗅到了酒香，心裡卻忽然一陣刺痛，這本是她的喜酒，現在呢？

酒雖香，她又怎麼能忍心喝下去。

她想起了郭定，想起了葉開，想起了爲葉開去找酒的韓貞。

——她當然還不知道韓貞並沒有死。

她只知道，若不是她刺了葉開那一刀，韓貞就不會死。她也知道，若不是魔教的邪法，她死也不會刺葉開那一刀。

「魔教……」她忍不住問道：「像你這種人，怎麼會入魔教？」

葛病沉默著，終於長長嘆息了一聲，苦笑道：「就因爲我是這麼樣一個人，所以才會入魔教。」

「是你自己心甘情願的？」

「是。」

「我想不通。」丁靈琳也只有苦笑：「我實在想不通。」

葛病道：「這也許因爲你根本不知道我是個什麼樣的人。」

丁靈琳道：「可是我知道你絕不是他們那種狠毒的小人。」

葛病又沉默了很久，才慢慢道：「我學醫，本來是爲了救我自己，因爲我發現世上的名醫們，十個中有九個是蠢才。」

丁靈琳道：「我知道。」

葛病道：「可是到了後來，我學醫已不是爲了救自己，也不是爲了救人。」

丁靈琳道：「你是爲了什麼？」

葛病道：「到後來我學醫，只因爲我已經完全入了魔。」

無論做什麼事，若是太沉迷，都會入魔的。

「所以你就入魔教？」

葛病道：「魔教中雖然有很多可怕的殺人邪術，卻也有很多神奇的救命秘方，譬如說，他們的攝魂大法，若是用得正確，在療傷治病時，往往可以收到意想不到的奇效。」

水能載舟，也能覆舟。

無論什麼事都是這樣子的。

「你若是用得正確，砒霜也是救命的良藥。」

「可是他們的攝魂大法，對治病又有什麼用？」

丁靈琳還是不懂。

葛病道：「醫者意也，這句話你懂不懂？」

「不懂。」

「這就是說，一個人自己的意志力，是否堅強，往往可以決定他的生死。」

他這種解釋不但深奧，而且新鮮，他也知道丁靈琳一定還是聽不懂的。

所以他又解釋：「這也就是說，一個病重的人，是不是能活下去，至少有一半要看他自己是不是想活下去。」

丁靈琳終於懂了，因爲她忽然想起個很好的例子；她想起了郭定。若不是她激發了郭定求生的意志，用不著等魔教中的人下手，他就早已死了。

她的心又在刺痛，忍不住捧起酒罈子，喝了一大口。

葛病忽然道：「給我也喝一口。」

丁靈琳道：「你的傷這麼重，還能喝酒？」

葛病笑了笑，道：「既然喝不喝都是一樣的，爲什麼不喝？」

丁靈琳的心在往下沉。

「爲什麼喝不喝都是一樣的？你剛才吃的藥難道沒有效？」

葛病沒有回答，也不必回答。

丁靈琳忽然發現他蒼白的臉，已變得通紅滾熱，就像是有火焰燃燒著一樣。

剛才那瓶藥，顯然並不能救他的命，只不過暫時提住了他一口氣而已。

看著他愈來愈可怕的臉色，丁靈琳的眼淚又急得流了下來：「你……你覺得怎麼樣？」

「我覺得很好。」葛病閉上眼睛：「我說過，我已是個老人，已沒什麼可怕的。」

他並不怕死，一點也不怕。

丁靈琳忽然明白，剛才他擔心的並不是自己，而是她。

這想法也像是一根針，刺入了她的心。

她不知道該說什麼，也不知道該怎麼樣才能報答這種恩惠和感情。

葛病忽又笑了笑，道：「我也說過，我對醫道已入了魔，所以我既沒有朋友，也沒有親人，因爲我對任何人都不關心。」

可是他對丁靈琳卻是關心的。

她知道，她看得出，但卻不知道是爲了什麼？

無論如何，他已是個老人，他們之間的年紀實在相差太多，當然不會有她連想都不敢想的那種感情。

他關心她，也許只不過像父親對兒女的那種關心一樣。

可是葛病已睜開眼睛，正在凝視著她。

他的臉更紅，眼睛裡也彷彿有火焰在燃燒著，這種火焰已使得他失去了平時的冷漠與鎮定。

他已漸漸無法控制自己的理智。

丁靈琳竟不由自主，避開了他的目光，竟不敢再去看他。

葛病忽然又笑了笑，笑得很淒涼道：「我已是個老頭子，我們的年紀實在相差太多了，否則……」

否則怎麼樣？他沒有說下去，也不必再問下去。

丁靈琳已明白了他的意思，也已明白了他的感情。

老人也是人。只要是人，就有去愛別人的權利。

老人也和年輕人一樣，是有感情的，有時他們的情感甚至比年輕人更真摯，更深刻，因爲他們已瞭解這種感情的可貴，因爲他們對這種感情已有患得患失之心，還沒有得到時，已唯恐它會失去。

可是葛病畢竟不是平凡的人，畢竟還沒有完全失去理智。

所以他只嘆息了一聲，淡淡道：「不管怎麼樣，你卻不必爲我擔心，我剛才還說過，我既沒有朋友，也沒有親人……我的死活跟別人根本完全沒有關係。」

——可是跟我有關係——丁靈琳心裡的針刺得更深。

若不是爲了她，他根本不會死；若不是因爲他，她早已死了；他的死活，怎麼會跟她沒有關係，她怎麼能看著他死？可是她又有什麼法子能救他呢？

——一個病重的人，是不是能活下去，至少有一半要看他自己是不是想活下去。

這些話彷彿忽然又在丁靈琳耳邊響起，她知道他現在並不想活下去，他已是個老人，他沒有朋友，也沒有親人，甚至連心裡的感情，都不敢對人說出來。

你若是他，你活著還有什麼意思？

葛病的眼睛又闔起，忽然道：「你走吧……快走……」

「你爲什麼要我走？」

「因爲我不喜歡別人看見我死時的樣子。」

葛病的身子已開始痙攣，顯然在勉強控制自己；「所以你一定要走。」

丁靈琳用力握緊了自己的手，左手握住了右手，就像生怕自己的決心會改變一樣的。

「我不走！」

她忽然大聲道：「絕不走。」

「爲什麼？」

丁靈琳的手握得更用力：「因爲我要嫁給你。」

葛病霍然張開了眼睛，吃驚的看著她：「你說什麼？」

「我說我要嫁給你，一定要嫁給你。」她真的又下了決心。

在這一瞬間，她已忘了郭定，忘了葉開，忘了所有的人，所有的事。

在這一瞬間，她只知道一件事。

——她絕不能就這麼樣看著葛病死在她面前，只要能救他，就算要她去嫁給一隻豬，一條狗，她也會毫不考慮就答應。她本就是個情感豐富的女孩子，她做事本就常常是不顧一切的。

別人欺負了她害了她，她很快就會忘記，可是你只要對她有一點好處，她就會永遠記在心裡。

她做的事也許很糊塗，甚至很荒謬，但她卻絕對是個可愛的人，因爲她有一顆絕對善良的心。

「你要嫁給我？」葛病在笑，笑容中帶著三分辛酸，三分感激，還有三分是什麼？他自己也不知道，自己也分不清他是不是個十分清醒的人。

丁靈琳跳起來，她忽然發現這裡唯一亮著的燈火，就是那對龍鳳花燭。這本是爲她和郭定而準備的；就在這對龍鳳花燭前，郭定穿著一身新郎的吉服，倒了下去。

現在，這對花燭還沒有燃盡，她卻已要嫁給另外一個人。

若是別人要做這種事，無論誰都會認爲這個人是個荒唐無情的瘋子。可是丁靈琳不是別人，無論誰對她都只有憐憫和同情；因爲她這麼做，不是無情，而是有情，不是報復，而是犧牲，她不惜犧牲自己一生的幸福，爲的只要報答別人對她的恩情。除此之外，她實在不知道還有什麼別的法子能救葛病。

這法子當然並不一定有效，這種想法也很荒謬幼稚。可是一個人若是肯犧牲自己，去救別人，那麼她做的事無論多荒唐，多幼稚，都値得尊敬。

因爲這種犧牲才是眞正的犧牲，才是別人既不肯做，也做不到的。

廿四 悲歡離合

花燭已將燃盡，燭淚還未乾。

燭淚一定要等到蠟燭已成灰時才會乾，蠟燭寧願自己被燒成灰，也只為了照亮別人。

這種做法豈非也很愚蠢？

但人們若是肯多做幾件這種愚蠢的事，這世界豈非更輝煌燦爛？

丁靈琳扶起了葛病，站在花燭前，柔聲道：「現在我就要嫁給你，做你的妻子，終生依靠你，所以你一定要活下去。」

葛病看著她，一雙灰黯的眼睛，忽然又有了光彩，臉上的笑容，也已變得安詳恬靜。

丁靈琳淚痕未乾的臉上，也已露出了微笑。

她知道他已能活下去。

現在他已有了家，有了親人，他已不能死。

她含著淚笑道：「這裡雖然沒有喜官，但我們卻一樣還是可以拜天地，只要我們兩個人願意，沒有別人做見證都一樣。」

這並不是兒戲，更不算荒唐，因為她確是真心誠意的。

葛病慢慢的點了點頭，目中帶著種異樣的光彩，看著她，看著面前的花燭。

能和自己喜愛的女子結合，豈非正是每個男人最大的願望。

他微笑著：「我這一生中，一直都在盼望能有這麼樣一天……我本來以爲我已永遠不會有這麼樣一天了，可是現在……」

現在他終於達成了他的願望。

他的語聲也變得安詳而恬靜，可是他並沒有說完這句話，他忽然倒了下去。

死亡來得比閃電還快，忽然就擊倒了他。

他完全不能抵抗。

沒有人能抵抗。

黎明前總是一天中最黑暗的時候。

丁靈琳已跪下，跪在葛病的屍體前，眼淚就像是泉水般湧出來。

就在這同一個地方，同一對花燭前，就在同一天晚上，已有兩個準備跟她結合的男人倒了下去。

這打擊實在太大。

也許他們本就要死的，沒有她，他們也許反而死得更快。

可是她自己卻不能不這麼想。她忽然覺得自己是個不祥的女人，只能爲別人帶來災禍和死亡。

郭定死了，葛病死了，葉開也幾乎死在她的刀下。

她自己卻偏偏還活著。

——我爲什麼還要活著？爲什麼還要活在這世界上？

這是個什麼樣的世界？

每個她認得的人，竟都可能是魔教中的人，從鐵姑開始，到玉簫道人、葛病，還有那冷酷如惡魔的孤峰天王，每個人都是她想不到的。

在這世界上，還有什麼是她可信賴的？

只有葉開！可是葉開又在何處？

酒還在她身旁，烈酒喝下去時，就像是喝下了一團火。

她喝了一口，又一口。

「葉開你說過，只要等一切事解決，你就會來找我，現在什麼事都完了，你爲什麼還不來？……爲什麼？……」

她放聲大叫，忽然將手裡的酒罈子用力砸出去，砸得粉碎，烈酒鮮血般流在地上。

桌上已將燃盡的龍鳳花燭也被震倒了，落在地上，立刻將地上的烈酒燃燒了起來。

火也是無情的，甚至比死亡更無情，甚至比死亡來得更快。

這種猛烈的火勢，又有誰能抵抗。

沒有人能抵抗！

但丁靈琳卻還是癡癡的跪在那裡，連動都沒有動。

看著火焰燃燒，她心裡忽然泛起種殘酷的快意。

她要看著這種火焰燃燒，把所有的一切全都燒光，她已不再有什麼留戀。

毀滅豈非也是種發洩？

她需要發洩，她想毀滅。

木板隔成的廳堂，轉眼間就已被火焰吞沒，所有的一切事，現在真的已全都解決了。

可是葉開呢？

葉開，你爲什麼還不來？

烈火照紅了大地蒼穹時，黎明終於來了。

葉開卻還是沒有來。

葉開醉了。

他一向很少醉，從來也沒有人能灌醉他，唯一能灌醉他的人，就是他自己。

他很想灌醉自己。

喝醉酒並不是件很愉快的事，尤其第二天早上更不愉快——這一點他比誰都知道得清楚。

可是昨天晚上，他卻硬是把自己灌醉了，醉得人事不省。

因為他畢竟不是聖人。

知道自己的情人正在拜天地，新郎官卻不是自己，又有誰還能保持清清醒醒，高高興興的在街上逛來逛去？

所以他逛到第一個賣酒的地方時，就停了下來，停了一個多時辰。

可是出來的時候還沒有醉。

——這地方的酒好像太淡了，好像攙了水。

所以他又逛到第二個賣酒的地方，用一種很不穩定的腳步逛了進去。

這次他是怎麼出來的，他已記不清，以後是不是到過第三個地方？他更記不清了。

他唯一還記得的事，是把一個帶著婊子去喝酒的土流氓頭上打了個洞。

那個洞究竟有多大？他也已完全不記得。

他醒來的時候，發現自己竟睡在一條死弄中的垃圾堆裡。

又髒又臭的垃圾堆，連野狗都絕不肯在這種地方睡一下子。

他可以保證這絕不是他自己願意的，他一向沒有睡在垃圾堆裡的習慣。

——一定是那個頭上有洞的土流氓，找了人來報仇，先修理了他一頓，再把他拋到這裡來。

他不久就證實了這件事。

因爲他站起來的時候不但頭疼欲裂，而且全身都在發疼。

那一定要很重的拳頭才能把他打成這樣子，他還沒有學會打人前就已先學會挨打的。

然後他又發現頭疼並不是完全因爲酒醉，他頭上也多了個洞。

無論誰若是發現自己被人拋在垃圾堆裡，被整得一塌糊塗，都免不了要很生氣，很難受的。

——偶而能被人痛揍，豈非也是件蠻有趣的事。

何況，他相信揍他的那些傢伙們，現在一定也很痛。

走出巷子，是條斜街，就像長安城裡大多數街道一樣，古老而陳舊。

街對面有家小酒舖，門口掛著個很大的酒葫蘆，是鐵鑄的。

葉開忽然想起，昨天晚上他打架喝酒，都是在這小酒舖裡。

酒舖後面，好像就是個「暗門子」，那土流氓帶出來的，就是這暗門子裡的女人。

從這裡往左轉，再轉過兩條街，就是鴻賓客棧。

葉開這一輩子，大概是再也不會到鴻賓客棧去的了，那裡的傷心事實在太多。

現在應該到哪裡去？應該做些什麼事？葉開連想都沒有想。

他決定暫時什麼都不去想，現在他腦子裡還是昏沉沉的。

他只知道絕不能往左邊走。

今天居然又是晴天，太陽照在人身上，暖暖和和的，很舒服。

街上的人都穿著新衣服，臉上都帶著喜氣，一見面就作揖，不停的說「恭喜」，葉開這才想起來，今天還是大年初二。

別的人在大年初二這一天，應該做些什麼事呢？

——帶著孩子到親戚朋友家去拜年，收些壓歲錢，然後再回家，準備些金錁元寶，等著別人來拜年，把壓歲錢再還給別人的孩子。

這一天大家都不許說不吉利的話，更不許吵架，生氣。

可是既沒有家，又沒有朋友的異鄉浪子，在這一天又該幹什麼？

葉開在街上逛來逛去，東張西望，其實眼睛裡什麼都沒有看到，心裡什麼都沒有去想，也許只在想一件事。

丁靈琳現在正幹什麼？

他本來已決定，永遠再也不想她了，但卻不知爲了什麼，他這昏沉沉的腦袋裡，想來想去，偏偏都只有她一個人。

他剛才還決定，絕不再到鴻賓客棧去，可是現在一抬起頭，就發現自己還是又走到這條路上來了。

奇怪的是，他並沒有看見鴻賓客棧那塊高高掛著的金字招牌，只看見一大堆人，圍在那裡，有的在竊竊私議，有的在搖頭嘆息，甚至還有些人正在那裡抱著頭放聲大哭著。

這裡究竟出了什麼事？

葉開忍不住迸了過去，擠進人叢，然後他整個人就忽然變得冷冷冰冰，就像是一下子掉進了深不見底的冷水潭裡。

長安城裡氣派最大的鴻賓客棧，現在竟已變成了一片瓦礫。

鴻賓客棧昨夜的慘案，直到天亮才有人知道；因爲昨天是個很特別的日子，是大年初一。

大年初一的晚上，大家通常都是耽在家裡的，誰也不會到街上來閒逛，就算有人，也是些已賭得頭昏腦脹的人，誰也不會逛到客棧裡去。

耽在家裡的人，也大多都在喝酒，賭錢，更不會關心到外面的事。

老掌櫃請去喝喜酒的人，大都是些無家可歸的光棍，沒有人關心的光棍。

就因爲這是個特別的日子，所以才會發生那些特別的事。

這並不是巧合。

每件事的發生和存在，都一定有它的原因。

「這裡是什麼時候走水的？」

「不知道。」

「昨天夜裡我在賭葉子牌，就算天塌下來，我也不會知道。」

「聽說昨天晚上有人在這裡做喜事？」

「好像是的。」

「那些來喝喜酒的人，怎麼連一個都不在？」

「不知道。」

「那對新人呢？」

「不知道。」

這地方雖然已被燒成了瓦礫，卻連一個人的骸骨都沒有。

「這裡的老掌櫃呢？」

「不知道。」

昨天晚上這裡究竟出了什麼事，簡直連一個知道的人都沒有。

「我別的事都不奇怪，只奇怪那對新人居然也不在這洞房裡，連老掌櫃都不見了。」

大家議論紛紛，愈說愈奇：「難道這裡昨天晚上出了狐仙？出了鬼？」

若不是有鬼，客棧被燒光，那老掌櫃總該回來看看的。

葉開知道沒有鬼，他從來不相信這種活見鬼的事。

但這件事情卻真的好像活見了鬼，他就算再把腦袋打出個洞來，也還是想不通的。

他只覺得整個人都已變成了一塊木頭，一塊又冷又硬的木頭。

這裡究竟怎麼會起的火？

丁靈琳和郭定到哪裡去了？

他一定要問出他們的行蹤來，卻又不知道應該去問誰。

就在這時，人叢裡忽然有個人在拉他的衣角。

他一低頭，就看見了一隻柔美而秀氣的手——一隻女人的手。

是誰在拉他？

是不是丁靈琳？

葉開抬起頭，拉他的人已轉過身，往人叢外走了出去。

她身上披著件烏黑的風氅，長髮垂落，用一枚玉環束住。

她究竟是不是丁靈琳？

葉開看不出。

他只好跟著她走出人叢，看著她輕盈的體態，他心裡忽然泛起種說不出的滋味，又希望她是丁靈琳，又希望她不是。

她若是丁靈琳，兩人相見後，心裡又是什麼滋味？又有什麼話說？

她若不是丁靈琳，會是誰呢？

這次葉開居然沒有退縮，也沒有逃避，他知道無論她是不是丁靈琳，都一定有很多話要告訴他。

她慢慢的在前面走，既沒有停下來，也沒有回頭，走過了這條長街，忽然轉入條橫巷。巷子很窄。

葉開追過去時，只看見她的人影一閃，走進了一個窄門裡。門是虛掩著的。

從外面看來，這不過是個很平凡的人家，門外的雪積得很厚，彷彿已很久沒有打掃。

葉開走到門口，心就跳了起來。

他忽然想起這地方是他來過的，現在他用不著走進去，也知道她是誰了。崔玉真。

這戶人家正是她帶葉開來養過傷的地方。

想起了那兩天中的事，葉開心裡又湧起種說不出的滋味，卻不知是歡喜？是悵悃？還是失望？

歡喜的是崔玉真還活著。

悵悃的是往事已成過去，舊夢已無處追尋。

失望的是什麼呢？

難道他心底深處，還是在盼望著她就是丁靈琳？

舊夢並不是完全無處追尋，至少在這寒冬清晨的冷風裡，還可以找到一點影子。

風從後面的廚房裡吹過來，吹過這小而幽靜的院子。

風中充滿了郁郁的香氣。

葉開不禁又想起那天早上，他也嗅到了粥香，正盼望著一碗芳香撲鼻的熱粥，由她一雙柔美而秀氣的手捧給他。

誰知粥竟是從門外飛進來的。

他已沒有看見她柔美的手，看見的卻是一隻殺人的血手。

從那天之後，他就從未再見過她，也從未想到他們還有再見的一天。

他本來以為他和丁靈琳一定可以永遠廝守的，誰知現在覺得可能永不再見。

人生中的離合悲歡，又有誰能預測？

葉開嘆息著，推開門，走進屋子，那張床，那個小小的衣櫃，都依然無恙。

甚至連屋角的陽光，都跟那天早上完全一樣。

葉開也不知是人已虛弱，還是心在發軟，走進去，就躺在床上。

枕上竟彷彿也還留著髮香。

無論如何，那兩天平靜安適的日子，都是他永遠也無法忘記的。

他心裡甚至在想，那天她若沒有遇著意外，他是不是直到現在還在這裡陪著她？

門外響起了一陣很輕的腳步聲，她已捧著碗熱氣騰騰的粥走進來，美麗的臉上，帶著甜蜜而溫柔的微笑。

這正是那天早上葉開在心裡盼望著的情況，只不過現在距離那天早上，已不知又過了多少天？又發生了多少事？

現在的情況縱然還是和那天早上一樣，但彼此的心情卻已不一樣。

世上又有誰能拉得回那一去永不復返的時光？

葉開勉強笑了笑，道：「早。」

「早。」崔玉真笑得更溫柔：「粥已熬好了，你就躺在床上吃？」

葉開點點頭。

於是一碗香氣撲鼻的熱粥，又由她一雙柔美秀氣的手捧了過來。

現在他的確很需要這麼樣一碗粥，他的胃是空的，整個人都是空的。

粥的滋味，也還是跟以前一樣，可是葉開只喝了幾口，就再也嚥不下去。

崔玉真凝視著他，輕輕道：「你昨天晚上一定醉得很厲害。」

葉開又勉強笑了笑，道：「醉得簡直就像是條死狗。」

崔玉真又看了很久，才輕輕嘆了口氣，道：「我若是你，我也要醉的。」

葉開道：「你知道昨天晚上的事？」

「本來我還不知道。」她美麗的眼睛裡，忽然露出種說不出的幽怨，慢慢的開始敘說往事：「那天早上我被伊夜哭逼著回到玉簫道人那裡去，他就……就再也不許我出來。」

葉開黯然。

他知道她一定吃了不少苦，她就算不說，他也看得出。

「我本來這一輩子已完了，我實在想不到那惡魔也有死在別人手裡的一天。」

「玉簫道人一死，你就到這裡來？」

崔玉真道：「姐妹們一聽到他的死訊，就像是剛飛出籠子的鳥，都恨不得飛得遠遠的，每個人分了他一點東西，不到一個時辰就全都走了，只有我。」

她垂下頭，沒有再說下去。

——只有她沒有走，因爲她忘不了葉開，所以又重到這裡，想找回一點昔日的舊夢。

這句話她用不著說，葉開也知道。

「我一個人在這屋子裡耽了一整天，既不想出去，也睡不著。」她在笑，笑得卻很辛酸：「其實我也知道你是絕不會再回到這裡來的。」

葉開心裡又何嘗不是酸酸的。

他忽然發覺自己實在是個很無情的人，實在沒有想到過要重回這裡。

「直到昨天早上，我聽到了外面的爆竹聲，才想起已經是大年初一。」她慢慢的接著道：「我不想一個人再悶在屋子裡，又餓得發慌了，忍不住想到外面去走走，可是我想不到剛出去，就聽見個很可怕的消息。」

「什麼消息？」

「我聽說丁姑娘要成親了。」

葉開笑得更勉強：「這消息並不可怕。」

「可是……」崔玉真又垂下頭：「那時候我還以爲她……她要好的人是你。」

一個女孩子，若是聽見自己心愛的男人要娶親的消息，當然會認爲這消息可怕得很。

葉開瞭解她的心情，他自己也有過這種心情。

他已忍不住在嘆息。

「我聽見丁姑娘要嫁的人，是個受了傷的人，我更以爲他就是你。」崔玉真垂著頭道：「那時我心裡雖然難受，卻又希望能在喜筵上再見你一次，所以我就買了份禮，送到鴻賓客棧去。」

葉開苦笑。

他也送了份禮去，一份很特別的禮。

知道丁靈琳的婚訊後，他就決心要想法子將郭定的傷治好。

可惜他自己沒有治傷的本事，所以他就在一夜間，來回趕了七百里路，把葛病找來。

崔玉真咬著嘴唇，又道：「可是到了晚上，我又不敢去喝喜酒了。」

「你不敢？」葉開忍不住問道：「你怕什麼？」

「我……我忽然又怕見到你。」

「那時你還不知道新郎倌並不是我？」

「我還不知道。」崔玉真幽幽的說道：「所以我又把自己關在這屋子裡，一個人買了點酒，躲在這裡喝，我想，我也可以算是在喝你們的喜酒了。」

葉開看著她，忍不住輕輕握住了她的手。

世上居然還有個這麼樣的女孩子，對他有這麼樣的感情。

他居然一點都不知道。

葉開只覺得心裡一陣刺痛：「我若知道你在這裡，我一定來陪你。」

崔玉真終於嫣然一笑，過了很久，才接著道：「我喝了一點酒後，又忍不住想去看看你了。」

「你去了沒有？」

「我遲疑了很久，反反覆覆的拿不定主意，我既怕看見你們後會受不了，可是就這麼樣永不相見，我也不甘心。」

葉開也瞭解這種心情，世上也許沒有人能比他更瞭解這種心情。

崔玉真道：「到最後我終於拿定主意。」

「什麼主意？」

「我就算不去喝你們的喜酒，也得在外面偷偷的看你一眼。」

「你去了？」

崔玉真點點頭：「昨天是大年初一，到了晚上，街上幾乎連一個人都沒有，我在街上逛了很久，才鼓起勇氣，從客棧後面溜了進去，一進去我就知道不對了。」

葉開道：「什麼地方不對？」

崔玉真道：「那麼大的客棧裡，竟連一點聲音都沒有，非但一點也不像有人在辦喜事，就是辦喪事的人家，都沒有那麼靜。」

葉開也聽出不對了，立刻問道：「我知道去喝喜酒的人有不少，怎麼會連一點聲音都沒有？」

崔玉真道：「我找到了辦喜事的那個大廳，從窗口往裡面一看……」

她臉上忽然露出種受了極度驚嚇的表情，就好像又看到了當時那種慘不忍睹的情況。

葉開的心也在往下沉，又忍不住問道：「你看見了什麼人？」

崔玉真道：「我……我……」

她的聲音也在發抖，過了很久，才能說出話來：「我只看見喜堂裡到處全是血，全是死人，竟連一個活著的都沒有。」

葉開怔住，整個人彷彿忽然又墜入萬劫不復的黑暗中。

「當時我還以爲你也在裡面，所以我立刻就不顧一切，衝了進去。」她輕輕吐出口氣，接著道：「直到那時，我才知道丁姑娘要嫁的人並不是你。」

「你……你看見了那個新郎倌？」葉開的聲音也在發抖：

「他也死了？」

崔玉真點了點頭，黯然道：「他死得很慘。」

「丁靈琳呢？」葉開雖然不敢問，卻還是忍不住要問：「她是不是也……」

崔玉真道：「她沒有死，當時她根本不在那喜堂裡。」

葉開也不禁吐出口氣，卻又不禁覺得奇怪，他和丁靈琳分手之後，難道她竟沒有回去？

郭定他們又是怎麼死的？是誰下的毒手？

當時在喜堂中的人並不少，能下得了這種毒手的人並不多。

崔玉真道：「當時我雖然又吃驚，又害怕，可是看見你不在裡面，我總算鬆了口氣。」

葉開忽然問道：「你有沒有看見四個黃衣人的屍體？」

崔玉真道：「我沒有注意別人，也不敢仔細去看。」她想了想，又道：「那些屍體裡面，好像是有幾個穿著黃衣服的人。」

葉開皺起了眉：「他們若是也死了，兇手會是誰呢？」

崔玉真道：「我也想不透，世上怎會有這麼心狠手辣的人，當時我只想趕快離開那地方，誰知我剛想走的時候，忽然聽見外面有夜行人的衣袂帶風聲。」

她接著又道：「因爲那地方實在太靜，所以我聽得很清楚，來的人非但身法都很快，而且還不止一個人。」

葉開動容道：「莫非是那些兇手又回來了？」

崔玉真道：「當時我也這麼想，所以嚇得連走都不敢走了，更不敢留在那裡，讓他們看見，幸好我還有點武功，情急之下，武功好像反而比平時好了些，居然一跳就跳起來很高。」

葉開道：「你是不是跳上了大廳裡的那根橫樑？」

崔玉真點點頭，道：「我躲在上面，連氣都不敢喘，卻又忍不住想往下面看看。」

葉開道：「你看見了什麼？」

崔玉真道：「我看見了幾個穿著黃衣服的人，從外面一竄進來，立刻就將地上的死人，一個個抛出了窗外，窗外好像有人在用東西接著，不到片刻，屋子裡的死人居然全都被他們搬空了。」

葉開的臉已發青：「你看清楚他們身上穿的是黃衣服？」

崔玉真道：「我看得很清楚，因爲他們的衣服黃得很特別，在燈光下看起來，就好像有金光在閃動著一樣。」

葉開握緊雙拳，道：「果然是他們下的毒手。」

崔玉真道：「可是我並沒有看見他們殺人。」

葉開冷笑道：「人若不是他們殺的，他們爲什麼要替別人收屍？」

崔玉真道：「他們殺了人後，難道還想毀屍滅跡？」

葉開恨恨道：「殺人滅口，毀屍滅跡，本就是金錢幫的一貫作風。」

崔玉真道：「金錢幫？……金錢幫又是些什麼人？」

葉開道：「他們不是人。」

崔玉真看著他臉上的憤怒之色，也不敢再問下去，遲疑了半晌終於道：「後來我又看見了丁姑娘。」

葉開失聲道：「你在哪裡看見她的？」

崔玉真道：「就在那裡。」

葉開道：「她又回去了？」

崔玉真道：「那些黃衣人把屍體搬空之後，她就去了。」

葉開道：「那時你還沒有走？」

崔玉真道：「那時候我整個人都已嚇得發軟，在大樑上耽了半天，剛喘過一口氣，他們就來了。」

葉開道：「他們？她不是一個人去的？」

崔玉真道：「去的有兩個人。」

葉開道：「還有個人是誰？」

崔玉真道：「是個奇形怪狀的老頭子，半夜裡手裡還拿著把雨傘。」

葉開恍然，道：「是葛病。」

崔玉真道：「你認得他？」

葉開道：「不但認得，而且還是老朋友。」

崔玉真又不禁嘆了口氣，道：「那麼現在你的老朋友就又少了一個。」

葉開變色道：「他也死了？」

崔玉真黯然道：「死得也很慘。」

葉開道：「是誰殺了他？是誰下的毒手？」

崔玉真道：「他們看見屍身被搬空，也覺得很意外，可是他們並沒有停留，也沒有發現樑上還有別人在。」

葉開道：「後來呢？」

崔玉真道：「他們一走，我就溜了下去，忽然聽到外面有人在吹笛子，他們聽見了這笛聲，也趕了回來，在院子裡看了看，就越牆而出。」

葉開道：「你呢？」

崔玉真道：「我看他們的神情很慌張，也不禁覺得有點好奇。」

葉開道：「所以你也跟了過去？」

崔玉真道：「我沒有跟過去，只不過躲在牆頭往外面看。」

葉開道：「你又看見了什麼？」

崔玉真道：「外面一棵樹上，好像掛著盞燈籠，下面還站著個人。」

葉開道：「是什麼人？」

崔玉真道：「我隔得太遠，根本看不清楚，幸好當時四下一點聲音都沒有，所以他們說話的聲音，我倒全都聽見了。」

葉開道：「他們說了些什麼？」

崔玉真道：「丁姑娘過去後，好像驚叫了一聲，然後就問那個人，是不是布……」

葉開動容道：「布達拉？」

崔玉真立刻點頭，道：「不錯，布達拉，丁姑娘說的就是這三個字。」

葉開立刻追問：「那個人怎麼說？」

崔玉真道：「他承認了，還說自己是座很高的山峰。」

葉開道：「孤峰天王？」

崔玉真道：「後來我才知道，那個人就是魔教中的四大天王之一。」

葉開道：「葛病就是死在他手裡的？」

崔玉真道：「葛老先生是爲了救丁姑娘，才被他掌力所傷，可是他也中了葛老先生的暗器，我聽葛老先生告訴丁姑娘，那是種很厲害的暗器。」

她嘆了口氣，道：「可是他的掌力更可怕，葛老先生只被他輕輕拍了一掌，就已無救了。」

葉開又怔住。

他瞭解葛病的武功，也瞭解葛病的醫道。以這種武功和醫道，就算有人能擊傷他，他自己也能救得了自己的。

葉開實在不能相信，世上竟有如此可怕的掌力，竟能一掌就拍散葛病的魂魄。

「可是我親眼看見葛老先生倒下去的，就倒在第一個新郎倌倒下去的地方。」

她話中顯然還有話──除了第一個新郎倌，難道還會有第二個？

這件事別人連作夢都不會想到。

可是葉開卻想到了；他瞭解丁靈琳，就好像瞭解自己的手掌一樣，所以崔玉真說出了她所看見的事，葉開並不覺得意外。

意外的反而是崔玉真。她本來以爲無論誰聽見這種事，都難免有些特別的反應。

但葉開卻只是輕輕嘆了口氣，道：「我知道她一定會這麼樣做的。」

崔玉真忍不住道：「你不怪她？」

葉開搖搖頭，道：「你若是她，我相信你一定也會這麼樣做的，因爲你們都是心地善良的女孩子，你們都寧願犧牲自己，也不忍看著別人受苦。」

他的聲音忽然變得很溫柔，因爲他心裡只有愛和關切，並沒有嫉妒和埋怨。

崔玉真當然知道那是對誰的愛和關切。

她忍不住也輕輕嘆息了一聲，垂下頭，道：「只可惜我不是她，我……」

葉開沒有再讓她說下去，已急著問道：「你走的時候，她還留在火窟裡？」

崔玉真點點頭，勉強笑道：「但是你可以放心，她現在一定還好好的活著。」

葉開道：「因爲火窟裡並沒有她的屍骨？」

崔玉真道：「也因爲她是個善良的女孩子，吉人自有天相，我相信你們很快就會再見的。」

事。」

葉開轉過頭，不忍再看她的表情。

窗外陽光燦爛，晴天彷彿已將來臨了。

他忽然站起來，走過去，推開窗戶，喃喃道：「不管怎麼樣，現在我總算已確定了兩件

崔玉真在聽著。

葉開道：「不管那布拉達天王是什麼人，現在他一定已受了重傷，我已不難找到他。」

崔玉真道：「你一定要去找他？」

葉開點點頭，道：「可是我還要先去找另外一個人。」

崔玉真道：「找誰？」

葉開道：「去找那殺人的兇手。」

崔玉真又咬起了嘴唇，道：「你……你現在就要去？」

葉開硬起了心腸，道：「我現在就要去，你……你可以在這裡等我，我會回來的。」

他的心並不太硬，他的聲音已嘶啞。

崔玉真垂著頭，看著自己的腳尖，過了很久，忽然道：「你用不著回來了。」

「爲什麼？」

「因爲我……我不會在這裡等你的。」

她的聲音也已嘶啞顫抖。

葉開還是忍不住回過了頭，又問道：「為什麼？」

崔玉真頭垂得更低，一字字道：「因為我不是她，我……」

她沒有再說下去。就只這一句話，已令她的心都碎了。

葉開的心裡也在刺痛，「你要到哪裡去？」

「我有很多地方可去，我也早就想到處去看看，到處去走走，將來……」她勉強忍住了眼淚，做出了笑臉：「我說不定會找個老實的男人，嫁給他，替他生很多很多兒子，也說不定會開個小酒店，做一個掌爐賣酒的老闆娘……」

她的心已碎成千千萬萬片，每說一個字，一片又碎成千千萬萬片。

葉開笑道：「到那時我一定會到你的酒店裡去大醉一場。」

他在笑，他不能不笑，因為他生怕自己一停下來，眼淚就會流下。

崔玉真微笑道：「到那時候我一定會替你再熬一鍋雞粥，有燕窩的雞粥。」

她也在笑。可是她笑的時候，眼淚已滴下面頰……

陽光燦爛。

葉開大步走在陽光下。他臉上雖然還有淚，可是他知道眼淚就和鮮血一樣，在陽光下很快就會乾的。

廿五　驚魂一刀

淚已乾了，血也已乾了。

淚痕是看不見的，可是鮮血留下來的痕跡，卻一定要用血淚才洗得清。

「以牙還牙，以血還血。」

葉開一向都是在用「寬恕」來代替「報仇」，他的刀一向不是殺人的刀，但是現在他的心，竟也充滿了憤怒和仇恨。

他忽然發覺自己就像是一個可笑的小木偶，一直都被人用一根看不見的線，提在手裡。

他不願再被人這麼樣愚弄下去，更不願再受人利用；沒有人願意做木偶的。無論誰的容忍都有限度，葉開也一樣。

積雪的大地，正在陽光下露出光禿的黃土。

長安城外的大路上，泥濘已乾，卻還是看不見趕路的人。

沒有人願意在大年初二這一天趕路。

只有葉開。

他找了輛車，卻找不到趕車的人。

可是他不在乎，他就躺在這輛載煤的木板車上，任憑拉車的驢子沿著大路往前走。

車上的煤渣子，刺得他全身都在發痛，可是他也不在乎。

拉車的驢子走得居然不慢，後面沒有人用鞭子抽牠，牠走得反而比平時更帶勁。

驢子本就是這種脾氣的。

奇怪的是，這世上有很多人的脾氣，也跟驢子完全一樣。

葉開居然去買了包花生，躺在車上慢慢的剝著，剝一顆，拋起來，才用嘴接住，慢慢的咀嚼。

他自己也不知道這是在什麼時候養成的習慣，也許他還沒有忘記那個在殺人前，一定要吃幾顆花生的路小佳。

只可惜現在沒有酒，他忘了買酒。

大醉之後，第二天能喝幾杯「還魂酒」，立刻就會覺得舒服些。

他想到酒的時候，就看見一角青布酒旗，從前面路旁的枯林裡斜斜挑出。

就算在大年初二，也並不是絕對沒有人想賺錢的。

葉開笑了，喃喃自語：「看來我的運氣已漸漸變好了。」

想喝酒的時候，立刻就可以有酒喝，這種運氣確實不錯。

他跳起來，將驢車趕入了道旁，慢慢的走入那些積雪的棗樹林。

樹林中果然有個小小的酒亭，還有七、八個人動也不動的站在酒亭外，直著眼睛，張著嘴，就好像是一堆泥人。

其中有一個人，頭上用白布包住，一看見葉開走了過來時，臉上就露出了驚駭之色。

葉開卻笑了。

他認得這個人，就是昨天晚上一定要找他拚刀的土流氓。

「土豹子，土大哥。」

葉開忽然想起了別人稱呼他的名字，微笑著走過去，道：「土大哥，你的酒也醒了？」

土豹子臉色發青，想點點頭，可是脖子卻似已發硬，整個人都好像硬得像乾泥巴。

不但是他，其餘的六七個人也一樣。

葉開微笑道：「挨揍的人沒有害怕，揍人的人爲什麼反而害怕了？是不是我的骨頭太硬，把各位的手打痛了？那就實在抱歉得很。」

他沒有猜錯，這些人的手果然全都又青又腫。

一個人的武功若是能練到葉開這樣子，縱然在爛醉如泥的時候，也一樣有防身自衛的本能。

葉開笑道：「可是各位用不著害怕，我並不是來找你們麻煩的，能在垃圾堆上睡一晚，也是蠻有趣的事，我正想好好的謝謝你們。」

他拍了拍土豹子的肩，道：「來，讓我請你們喝兩杯。」

土豹子臉上的表情卻更恐懼。

葉開道：「你還怕什麼？」

土豹子終於道：「老大，我們已知道你有種，只不過我們怕的倒不是你。」

葉開怔住。

弄了半天，人家怕的原來並不是他。

葉開苦笑道：「你們怕的是什麼？」

土豹子道：「我們只怕你把我們頭上的東西碰下來，我們就真的是死路一條了。」

葉開這才發現，這些人的頭頂上，全都端端正正的擺著一枚銅錢。

銅錢在太陽下閃著光，就像是黃金一樣。

「金錢幫。」

土豹子吐出口氣，道：「你既然也知道金錢幫的規矩，我就放心了。」

葉開眨了眨眼，道：「什麼規矩？」

其實他當然知道金錢幫的規矩。

這枚銅錢，就是他們的信符，他們若是把銅錢放在你頭上，你就連一動都不能動了。

土豹子道：「你真的不知道？只要你把我們頭上的銅錢碰下來，我們就得死，你也得死，我們大家就全都是死路一條。」

葉開又笑了，搖著頭，笑道：「哪有這麼大的規矩？我不信。」

喝。」

他忽然伸出手，把土豹子頭上的銅錢拿了下來，喃喃道：「這一文錢不知道能不能買杯酒

土豹子的人卻已駭傻了，就像是忽然被人抽了一鞭子，兩條腿都已發軟，忽然一下子就跪了下去，葉開卻好像沒看見，又道：「一文錢想必不夠買酒的，還好這裡還有。」

他身子忽然掠起，落下來時，六、七個人頭頂的銅錢，就全都已到了他手裡。

這些人都駭傻了，他們這一輩子，從來也沒有看見過這麼快的身手。

土豹子忽然跪在地上大叫：「這是他幹的，完全不關我們的事。」

葉開微笑道：「這本來就不關你們的事。」

他拈起顆花生，放在土豹子手裡：「你知不知道這是什麼意思？」

土豹子當然不知道。

葉開道：「這意思就是說，你們現在已可以站起來去喝酒了，隨便到哪裡去都行，金錢幫的人若敢來找你們的麻煩，就叫他們來找花生幫的幫主，就說花生幫的幫主，已接下了這檔子事。」

土豹子忍不住問道：「花……花生幫的幫主是誰？」

葉開指著自己的鼻子，道：「就是我。」

土豹子也怔住。

突聽一個人冷冷道：「很好，那麼我們現在要找的就是你。」

冷冰冰的聲音，冷冰冰的口氣。

這個人也是冷冰冰的，蠟黃的臉，鷂眼鷹鼻，臉上有條很深的刀疤，使得他看來更是滿臉殺氣。

葉開卻沒有看著他的臉——葉開注意的，只不過是他的衣裳。

一身很扎眼的黃衣裳，在陽光下看來，也像是黃金一樣。

他就在酒亭的石階上，還有三個人站在他身旁，穿的也都是同樣的衣裳。

葉開又在笑，道：「你們身上這套衣裳倒不錯，不知道能不能脫下來給我，我正好拿去給我那條驢子去穿上。」

黃衣人瞪著他，瞳孔已收縮，居然還能沉得住氣，冷冷道：「你知不知道本幫的規矩？」

葉開道：「剛才聽說。」

黃衣人道：「四十年來，江湖中從來也沒有人敢觸犯過本幫的規矩，你知不知道是爲了什麼？」

葉開道：「你說爲什麼？」

黃衣人道：「只因爲無論誰敢犯本幫的規矩，就必死無疑。」

另一個黃衣人冷笑道：「無論你是花生幫的幫主也好，是瓜子幫的幫主也好，都一樣必死無疑。」

葉開嘆了口氣，道：「可是無論什麼規矩，遲早總是要被人犯一犯的，也就好像處女遲早總得嫁男人一樣。」

黃衣人對望了一眼，沉著臉，一步步走下石階，走過來。

四個人的腳步都很沉穩，尤其是那臉帶刀疤的大漢，兩旁太陽穴隱隱凸起，一雙手青筋暴現，顯然是內功很深的武林高手。

葉開看著他的手，忽然道：「閣下莫非是練過大鷹爪功的？」

黃衣人冷笑。

葉開道：「看閣下臉上這條刀疤，莫非就是淮西的『鐵面鷹』？」

黃衣人冷笑道：「你的眼力倒不錯。」

葉開忽然沉下臉，道：「你知不知道郭定是什麼人？」

鐵面鷹道：「好像聽說過。」

葉開道：「他是我的朋友。」

鐵面鷹道：「是你的朋友又如何？」

葉開道：「你知不知道花生幫的規矩？」

鐵面鷹道：「什麼規矩？」

葉開道：「花生幫的規矩，就是不許別人殺我的朋友，否則……」

鐵面鷹道：「否則怎麼樣？」

葉開道：「就是這樣！」

他忽然出手，揮拳痛擊鐵面鷹的臉。

鐵面鷹並不是無名之輩，也不是無能之輩，他不但在淮西一帶的名頭極響，在江湖中也可以算是一等一的好手。

因爲他的確有真功夫。

他的鷹爪功，的確得過「鷹爪王」門下的真傳，昔年曾在兵器譜上列名的「淮西大刀」，雖然一刀砍在他臉上，居然沒有砍死他，淮西大刀反而死在他的鷹爪功下，「鐵面鷹」這名字，也正是因此而來。

鷹爪快，鷹眼也快。可是等他看到葉開揮拳，拳頭已痛擊在他鼻梁正中。

他並不覺得痛。要能感覺到痛苦，已經是很久以後的事了。

現在他只覺得眼前忽然一陣黑暗，忽然有無數顆金星，從眼前擴張。

他並沒有立刻倒下去。直等到已飛出去一丈多遠，撞在酒亭的門框上，他才倒下去。

他也沒有聽見自己臉上骨頭碎裂的聲音，可是別的人卻全都聽得清清楚楚。

葉開看著他碎裂的臉，淡淡道：「原來他並不是真的鐵面，原來他的臉也一樣可以打爛的。」

另外的三個黃衣人咬著牙，連看都沒回頭去看他們的同伴。

寒光閃動著，三個人已同時亮出了兵刃，一把刀，一口劍，一對判官筆。

三個人四件兵刃，忽然間已全都向葉開身上招呼了過去。

兩招過後，葉開已發現這些人中武功最好的，並不是鐵面鷹，也不是用判官筆的老者，而是個使劍的年輕人。

他的劍法迅急而犀利，變化很多，他用的劍也是精品。

十三招過後，葉開還是沒有出手。

他一出手就絕不落空。

現在他已出手，只聽一聲驚呼，一陣肋骨折斷聲，接著「格」的一響。

用判官筆的老者已被點住穴道，使刀的大漢手抱肋骨，倒在地上，一柄刀已被折成兩段。

只有使劍的年輕人沒有倒下，但臉上卻已駭得全無血色。

葉開隨手將兩截斷刀甩掉，忽然問這年輕人：「你知不知道我為什麼要折斷他的刀？」

年輕人搖頭。

葉開淡淡道：「因為他出手太陰毒，像他這種人，根本不配用刀。」

年輕人緊握他的劍，忍不住問道：「你也用刀？」

葉開點點頭。

世上也許沒有人比他更懂得用刀，也沒有人比他更瞭解刀的價值。

「我對刀一向很尊敬。」葉開道：「你若不尊敬你的刀，就根本不配用刀，你若尊敬你的刀，用的時候就應該特別謹慎。」

年輕人看著他，眼睛裡已不禁露出驚異之色。

他已看出葉開不是個平凡的人，平凡的人絕對說不出這種道理。

他忍不住問：「你究竟是誰？」

「我姓葉，叫葉開。」

年輕人臉色又變了：「葉開！」

「不錯，木葉的葉，開心的開。」

年輕人突然一個大翻身，凌空掠起，往亭外竄了出去。

可是他的腳剛點地，就忽然聽見急風一響，刀光一響。

閃電般的刀光，已從他頭頂飛過，飛出五、六丈，餘勢未歇，「奪」的一聲釘在一棵樹上，刀鋒入木，直沒至柄。

年輕人一驚，停步，頭髮已披散下來，束髮的金環，已被削斷。

他全身卻已僵硬。

他從來也沒有見過這樣快的刀。

飛刀！

刀柄猶在震顫。

葉開走過去，拔出來，手腕一反，刀已不見。

年輕人這才長長吐出口氣：「你真的是葉開？」

「我本來就是葉開。」

年輕人苦笑道：「你爲什麼不早說？」

葉開笑了笑，忽然反問：「你是不是金壇段先生的門下？」

年輕人又吃了一驚：「你怎麼知道的？」

葉開微笑道：「鐵面鷹剛才豈非也說過，我的眼力一向不錯。」

年輕人承認：「實在是好眼力。」

葉開又問：「你是段先生第幾個弟子？」

「第三個。」

「你姓什麼？」

「姓時，時銘。」

「你有沒有趕過驢車？」

「沒有。」

「我也知道你沒有。」

葉開淡淡的笑道：「可是無論什麼事，都有第一次的。」

「帶我去見你們的上官幫主，無論她在哪裡，都得帶我找到她。」

葉開又坐上了那載煤的驢車，躺下去，甚至連眼睛都已閉起。

他知道這年輕人絕不會想逃走，也不會不聽話的；無論誰看見了他的飛刀，都絕不會再做出愚蠢的事來。

時銘果然已在趕著驢車上路，這的確是他平生第一次。

有人在後面鞭策，驢子反而走得比剛才慢了。

葉開又剝了顆花生，拋起，等花生落進他的嘴，他忽然道：「聽說金壇段先生，是個最講究飲食衣著的人。」

時銘道：「嗯！」

葉開道：「聽說他收的弟子，也全都是出身很好的世家子。」

時銘道：「嗯！」

葉開道：「你也是？」

時銘道：「嗯！」

他顯然不願談論這個話題，葉開卻偏偏要談下去。

「你不願我提起這件事，是不是也覺得不好意思？」

時銘終於忍不住道：「爲什麼不好意思？」

葉開道：「因爲你也知道，以你的師門和家世，本不該在金錢幫裡做奴才的。」

時銘的臉又漲紅，道：「我不是奴才。」

葉開道：「我也知道你投入金錢幫，本是爲了想擺脫你的家世，自己做一番事業出來，每個年輕人大都會這麼想的。」

他笑了笑，淡淡的接著道：「可是你現在做的，卻是奴才做的事。」

時銘紅著臉道：「這是因爲你。」

葉開道：「不錯，這是我叫你做的，但是往別人頭上擺銅錢，難道就不是奴才做的事？」

時銘閉上了嘴。

葉開道：「何況，我叫你做這種事，只因爲你本已是金錢幫的奴才，否則我情願爬在地上做驢子，讓你騎在我身上。」

時銘的臉更紅，目中卻已不禁露出痛苦之色。

葉開忽然又問道：「你知不知道我剛才爲什麼要發出那一刀？」

時銘遲疑著，慢慢道：「我也聽說過，你的刀不是殺人的，而是救人的。」

葉開道：「不錯，我發出那一刀，就是要讓你知道，你在金錢幫裡，也一樣做不出大事來的。」

時銘咬著牙，道：「那只因爲我的武功……」

葉開打斷了他的話，道：「一個人是不是受人尊敬，和他的武功並沒有關係，你做的若是光明正大的事，就絕沒有人會看不起你，我的刀也絕不會飛到你頭上去。」

他嘆了口氣，又道：「否則我縱然不殺你，遲早也一定有別人會殺你的。」

時銘又閉上了嘴。

現在他已明白葉開的意思，葉開也知道他不是個愚蠢的人。

「我相信你一定不會讓我失望的。」

葉開又剝了顆花生，拋起來，等著它落下。

他知道，花生既然已被拋起，就一定會落下來的。

驢車已馳入了街道——和長安城裡完全同樣的一條街道。

只不過這條街上的鴻賓客棧，並沒有被燒成一片瓦礫。

看著鴻賓客棧的金字招牌在太陽下閃著光，葉開心裡又不禁有了種奇異的感覺，就好像看見一個死人又復活了一樣。事實上，他的確也看見過「死人」復活。

人生中有些事，的確就像是夢境，是真是假，本就很少有人能分得清。

葉開心裡在嘆息，臉上卻帶著微笑。他知道街上的人都在看著他。

現在正是中午，街上的人並不多，也正如長安城裡的情況一樣，大多數人都留在家裡吃飯。

可是在街上走動的人，每個人的表情都很嚴肅，看來都很緊張，就像是已知道有什麼大事要發生，心裡都已有了種說不出的預兆。

葉開也知道這裡就要有件大事發生了，他還知道這件大事就是他造成的。

現在他已到了這裡，他已不準備像上次這麼樣，平平安安的走出去。

驢車又在鴻賓客棧外停下。葉開一走進去，就看見上官小仙正坐在櫃台裡，正在翻著本帳簿。

她看來的確像是個老闆娘的樣子，只不過比大多數老闆娘都漂亮得多。

聽見了葉開的腳步聲，她立刻抬起頭來嫣然一笑，道：「我就知道你一定會來的，我正在等著你。」

葉開站在櫃台前，看著她，也不知爲了什麼，心裡忽然又覺得一陣刺痛。

無論她是真是假，她對他總算不錯。他們在一起共同生活的那幾天，也是他永遠都忘不了的。他實在不希望他們會變成仇敵。無論怎麼看，上官小仙都絕不像是他的仇敵。

她笑得溫柔而嫵媚，就像是個剛看見老闆回來的老闆娘：「我已替你準備了幾樣你喜歡吃的菜，現在想必就快開飯了。」

葉開冷冷道：「我不是來吃飯的。」

上官小仙嫣然道：「可是無論誰都要吃飯的，你也一樣不能例外。」

葉開並不想跟她爭辯，也沒爭辯，他忽然問道：「你在算帳？」

「嗯？」

「是不是在算你昨天晚上殺了多少人？」

上官小仙又笑了：「我就算殺了人，也不會記在帳簿上。」

「帳簿記的是什麼？」

「這是本禮簿。」上官小仙道：「上面記著很多奇怪的人，送了很多奇怪的禮。」

葉開道：「送給你的？」

上官小仙嘆了口氣，道：「我還沒有這麼好的福氣。」

她忽然又笑道：「你要不要我把上面記的唸給你聽聽？」

葉開沒有拒絕。

上官小仙道：「崔玉真，送的是一隻老母雞，一斤燕窩；南宮浪，送的是一幅畫；葉開，送的是活人一個。」

葉開臉色變了，他當然已知道這是誰的禮簿。

上官小仙吃吃的笑著道：「崔玉真爲什麼要送雞呢？難道她以爲新郎官是你，想讓你煮一鍋雞粥，在洞房裡吃宵夜？」

她不讓葉開說話，又笑道：「這上面最奇怪的一份禮，恐怕就是你送的了，可是最貴重的一份禮，你一定猜不出是誰送的。」

葉開忍不住問：「是誰？」

「是四個人。」

上官小仙慢慢的唸出了四個名字：「牒兒布，多爾甲，布達拉，班察巴那。」

葉開臉色又變了：「他們送的是什麼？」

「是一袋珠寶，裡面還有一塊玉牌。」

上官小仙又道：「就是這塊玉牌。」

她已從櫃台裡將那上面刻著四個天魔的玉牌拿了出來。她顯然也早就準備讓葉開看的。玉牌晶瑩而美麗，上面刻著的天魔，卻令葉開觸目驚心。

上官小仙又在問：「你知不知道這玉牌是什麼意思？」

葉開不知道。

「這是復仇玉牌。」上官小仙道：「魔教的四大天王復仇時，一定會有這種玉牌出現。」

葉開緊握雙拳：「他們是不是爲玉簫道人復仇？」

上官小仙點點頭，道：「那袋珠寶，就是他們買命的錢。」

「什麼是買命的錢？」

「四大天王在殺人之前，一定要先將那些人的命買過來，因爲他們不願欠來生的債。」

上官小仙嘆了口氣：「他們送的珠寶實在不少，殺的人也實在不少。」

葉開忍不住問道：「殺人的難道是他們？」

上官小仙又嘆了口氣，道：「你就算是呆子，也該看出殺人的是誰了。」

葉開道：「但收屍的卻是你。」

上官小仙淡淡道：「殺人是壞事，收屍卻是做的好事。」

葉開道：「你爲什麼要替他們收屍？」

上官小仙道：「因爲我想查出一件事來。」

葉開追問：「什麼事？」

上官小仙道：「我要查出多爾甲和布達拉究竟是什麼人？」

葉開冷冷道：「只可惜死人是不會說話的，你收了他們的屍也沒有用。」

上官小仙道：「有用。」

葉開道：「有用？」

上官小仙道：「我算準他們當時一定也在那喜堂裡。」

葉開承認，他們若不在那喜堂裡，又怎麼能出手殺人。

上官小仙道：「所以當時喜堂裡若有一百個人，死的一定只有九十八個。」

葉開道：「沒有死的兩個，一定就是多爾甲和布達拉。」

上官小仙嫣然一笑，道：「我就知道你並不是個呆子。」

葉開道：「所以你就將死屍全收回來，看看死的是些什麼人？死了多少人？」

上官小仙道：「不錯。」

葉開道：「但你卻還是查不出，那沒有死的兩個人是誰？」
上官小仙道：「所以我就把禮簿也拿來了，看看送禮的是些什麼人。」
葉開道：「送禮的人並不一定會去喝喜酒，去喝喜酒的人，並不一定送了禮。」
上官小仙道：「我至少總可以看出一點頭緒來，我也不是呆子。」
葉開道：「你看出來了。」
上官小仙嘆了口氣，道：「你一來，我的心就亂了，怎麼還看得下去？」
她站起來，走出櫃台，忽然又道：「我還有句話要問你。」
葉開只好讓她問。
上官小仙道：「人是不是都要吃飯的？」
葉開只好承認。
上官小仙道：「你是不是人？」
葉開也只有承認。
上官小仙拉起他的手，嫣然道：「那我們現在就該吃飯去。」
葉開在吃飯。
他自己一到了上官小仙面前，就好像真的變成了個呆子。可是他肚子實在很空，走了半天路，胃口也開了，不坐下吃飯倒也沒什麼，一坐下來，拿起了筷子，就很難再放下來。

何況這些菜也的確都對他的口味，尤其是一樣又酸又辣的豆腐乳，不但開胃，而且醒酒。

上官小仙柔聲道：「我沒有替你準備酒，因爲我知道你肚子是空的，吃完了飯，我再陪你喝。」

無論誰來看，無論怎麼樣看，她都是個又溫柔，又體貼的女人。一個男人若是遇著了這種女人，應該怎麼辦呢？葉開已拿定了主意——不理她，就算她能說出一朵花來，也不理她。

上官小仙輕輕嘆了口氣，道：「我知道你心裡一定在怨我，不該把你留在這裡，否則丁姑娘就絕不會嫁給郭定的，她若不嫁給郭定，也就不會有昨天晚上那些事發生了。」

這正是葉開心裡想說的話。自己還沒有說，上官小仙反而先替他說了出來。

「可是你也應該替我想想，我也是個女人，並不是妖怪。」她幽幽的接著道：「女人喜歡上一個男人時，總會忍不住想要留住他的，無論什麼樣的女人都一樣。」

葉開在冷笑。但是他心裡也不能不承認，她說的話並不是沒有道理的。愛並沒有錯，也不是罪惡。

一個女人愛上了一個男人，本來就是天經地義的事，一點錯都沒有。一個女人愛上一個男人時，當然就絕不會希望他趕快走的。這一點也沒有人能說她錯了。

葉開忽然發覺自己的心又已被她打動，立刻站起來，道：「你的話說完了沒有？」

上官小仙道：「還沒有。」

葉開道：「我的飯卻已吃完了。」

上官小仙道：「你不想喝酒？」

葉開道：「不想。」

上官小仙道：「你也不想查出多爾甲和布達拉是什麼人？」

葉開道：「我自己會去找。」

上官小仙道：「你就算真的能找出來，又怎麼樣？難道你一個人就能對付整個魔教？」

她又嘆了口氣，道：「你知不知道魔教中有多少門人子弟？你知不知道他們有多大力量？」

葉開知道。魔教的可怕，很少有人能比他知道得更清楚。

上官小仙道：「所以你也應該知道，要對付魔教只有一種法子。」

葉開忍不住問：「什麼法子？」

上官小仙臉上溫柔的笑容已消失，美麗的眼睛裡，忽然閃出了一種逼人的光彩。

現在她已不再是個溫柔而體貼的老闆娘，而是威震江湖金錢幫的幫主。

她凝視著葉開，緩緩道：「放眼天下，能和魔教對抗的，只有我們金錢幫！」

葉開道：「哦？」

上官小仙道：「經過多年來的籌劃準備，現在金錢幫無論人力物力，都已達到巔峰。」

葉開道：「哦？」

上官小仙道：「少林、武當、崑崙、點蒼、華山，每一個門派中，現在都已有我們的人……」

葉開打斷了她的話道：「所以你現在又想收買我？」

「不是收買。」上官小仙道：「只不過你若要對付魔教，就只有和金錢幫合手。」

葉開冷笑道：「你是不是又想要我做你們金錢幫的護法？」

上官小仙道：「只要你願意，我甚至可以將幫主讓給你做。」

葉開道：「你爲什麼要如此犧牲？」

上官小仙嘆了口氣，眼波又變得春水般溫柔，輕輕道：「一個女人爲了她真正喜歡的男人，本來就不惜犧牲一切的，何況……」

葉開道：「何況魔教本來就是你們的對頭？」

上官小仙道：「非但是我們的對頭，而且是誓不兩立的對頭，尤其是最近……」

葉開道：「最近怎麼樣？」

上官小仙道：「最近我就算不去找他們，他們也會來找我。」

葉開知道這不是謊話。金錢幫和魔教最近都準備重振聲威，稱霸江湖，他們之間的衝突，當然會愈來愈尖銳。鷸蚌相爭，漁翁得利。這實在是他的好機會，他雖然並不想做漁翁，但至少可以乘這個機會，做很多他早已想做，也早已該做的事。

上官小仙又道：「你的情況也一樣，現在四大天王中，已有兩個人到了長安，爲的絕不只是要對付金錢幫，也是爲了要對付你。」

葉開道：「所以就算我不去找他們，他們也一樣不會放過我的。」

上官小仙道：「他們是你的對頭，我至少還是你的朋友，所以你應該和我們聯合起來的。」

葉開已坐下。

上官小仙道：「現在你心裡也許會認爲我是想利用你。」

葉開道：「你不是？」

上官小仙道：「就算是我在利用你，你豈非也可以同樣利用我，乘這個機會，將魔教消滅？」

葉開忽然嘆了口氣，道：「你實在是個很會說話的女人。」

上官小仙道：「我是不是已經說動了你？」

葉開苦笑道：「好像是的。」

上官小仙又笑了，笑容又變得溫柔而嫵媚：「那麼我們現在是不是已應該喝杯酒？」

葉開嘆道：「現在我只奇怪一件事。」

上官小仙眨著眼，道：「什麼事？」

葉開道：「你要我做的事，我爲什麼總是沒法子拒絕？」

廿六 風流寡婦

酒已擺上來。醉人的卻不是酒，而是上官小仙。

她的溫柔，她的體貼，她的眼淚，她的微笑，每一樣都足以令男人沉醉。

葉開是不是又醉了？他畢竟也是個男人，而且並不是他自己想像中那麼無情的男人。他甚至已經在懷疑自己，是不是早已被她的溫柔沉醉？她不但是個女人，而且是個女人中的女人，這種女人本就是男人無法抗拒的。

她也許沒有丁靈琳的明艷，也沒有崔玉真的嬌弱。可是她遠比她們更瞭解男人，更懂得捉住一個男人的心。葉開的心是不是已被她捉去？

「你醉了沒有？」

「現在雖然還沒有醉，遲早總是會醉的。」

「你準備醉？」

「只要一開始喝，就準備醉。」

「所以我若有話說，就得乘你還沒有醉的時候說。」

「一點也不錯。」

「這帳簿你已看過？」

「看過。」

「你看出了什麼？」

「我只看出金錢幫的出手，好像還沒有魔教大方。」

上官小仙笑了：「金錢幫不想買別人的命，所以也用不著送太重的禮。」

葉開凝視著杯中的酒，緩緩道：「也許你早已看出來，無論送多重的禮，他們都收不到的。」

上官小仙道：「我若真的能看出來，也許就會多送些了。」

葉開道：「爲什麼？」

上官小仙道：「因爲我無論送了多少，現在都已收回來。」

葉開也笑了：「你看出了什麼？」

上官小仙嘆了口氣，輕輕道：「我只看出你實在是個很多情的人。」

葉開道：「哦？」

上官小仙道：「所以你絕不會是魔教中的四大天王，魔教中全都是無情人。」

葉開苦笑道：「這一點你現在才看出來？」

上官小仙嫣然道：「現在看出來還不遲。」

葉開道：「你以前難道也懷疑我？」

上官小仙承認，道：「因爲夠資格做魔教天王的人實在不多。」

葉開道：「除了我之外，長安城裡還有幾個人夠資格？」

上宮小仙道：「最多四、五個。」

葉開道：「第一個當然是呂迪。」

上官小仙道：「不錯！」

葉開道：「韓貞當然也算一個。」

上官小仙道：「當然。」

葉開道：「還有呢？」

上官小仙笑了笑，道：「你難道已忘了你那個老朋友？」

葉開道：「楊天？」

上官小仙笑道：「不會飛的狐狸已經夠可怕了，何況會飛的。」

葉開道：「他豈非是你的親信？」

上官小仙道：「我沒有親信。」

她抬起頭，凝視著葉開：「我唯一信任的人就是你，只可惜……」

葉開笑了笑，道：「只可惜我卻不信任你，也許我唯一不能信任的人就是你。」

上官小仙輕輕嘆息，道：「我並不怪你，可是總有一天，你會知道自己錯了的。」

葉開沒有爭辯，微笑著改變話題，道：「呂迪、韓貞、楊天，加起來只有三個。」

上官小仙道：「還有一個人也很可疑。」

葉開道：「誰？」

上官小仙道：「一個昨天才到長安的人。」

葉開道：「你認得他？」

上官小仙道：「不認得。」

葉開道：「你知道他是誰？」

上官小仙道：「不知道。」

葉開又笑了。

上官小仙的表情卻很嚴肅，道：「但我卻知道他一定有資格做魔教的天王。」

葉開道：「為什麼？」

上官小仙道：「因為我派出去打聽他行蹤來歷的人，都已不見了。」

葉開不懂：「不見了是什麼意思？」

上官小仙道：「不見了的意思，就是那些人出去之後，就沒有再回來過，甚至連消息都沒有，我再派人出去找，找的人也沒有回來。」

葉開道：「你一共派出去多少人？」

上官小仙道：「一共三次，第一次兩個，第二次四個，第三次六個。」

葉開道：「加起來一共是十二個。」

上官小仙道：「而且是十二個好手，最後一次那六個，更是好手中的好手。」

葉開道：「這些好手全都不見了？」

上官小仙點點頭，道：「十二個人出去了之後，就立刻無影無蹤，就好像忽然從地上消失了一樣。」

葉開道：「他們就算是十二個木頭人，要找個地方把他們藏起來，也不是件容易事。」

上官小仙嘆道：「所以我才認爲那個人很可能比呂迪他們更可怕。」

葉開的表情也變得很嚴肅，道：「直到現在，你還不知道他是個什麼樣的人？」

上官小仙道：「我只知道他是昨天才出現的，在這麼冷的天氣裡，他身上穿得卻很單薄，頭上居然還戴著頂大草帽。」

葉開道：「還有呢？」

上官小仙道：「沒有了。」

葉開道：「你難道連他是從哪裡來的都不知道？」

上官小仙道：「不知道。」

她嘆了口氣，苦笑道：「就因爲我不知道，所以才派人去打聽。」

葉開也嘆了口氣，道：「看來你知道的事也並不太多。」

上官小仙道：「你知道的難道比我多？」

葉開道：「只多一點。」

上官小仙道：「你還知道什麼？」

葉開道：「我至少已有點線索，可以找得到布達拉。」

上官小仙道：「孤峰天王？」

葉開點點頭。

上官小仙道：「你已知道他是個什麼樣的人？」

葉開道：「他的手上功夫很厲害，而且已受了重傷。」

上官小仙眼睛亮了，道：「手上功夫最厲害的是呂迪，卻不知道他是不是已受了重傷？」

葉開道：「要查出這一點並不難。」

上官小仙道：「你準備去找他？」

葉開道：「你反對？」

上官小仙搖搖頭，道：「我只不過……」

葉開笑了笑，替她說了下去：「只不過怕我也像那些人一樣忽然不見了。」

上官小仙也笑了，看著他甜甜的笑著道：「這次我絕不會讓你又不見了的，我……」

這次葉開沒有替她說下去，也沒有讓她說下去，忽然站起來，道：「所以我最好還是乘沒有醉的時候趕快走。」

上官小仙道：「你現在就要去？」

葉開道：「我要找的人，不止呂迪一個，楊天和韓貞的手上功夫也不錯。」

上官小仙道：「莫忘記還有那個冬天戴草帽的人。」

葉開道：「這個人在哪裡？」

上官小仙道：「你知不知道大相國寺後面，還有個十方竹林寺。」

葉開點點頭，道：「聽說那裡的素齋很不錯。」

上官小仙道：「他昨天晚上就住在那裡。」

葉開道：「楊天呢？」

上官小仙道：「你要先去找他？」

葉開笑了笑，道：「莫忘記他是我的老朋友。」

上官小仙也笑了笑，道：「你既然是他的老朋友，就該知道他最喜歡的是什麼了。」

葉開道：「女人。」

上官小仙道：「哪種女人？」

葉開道：「寡婦。」

上官小仙微笑道：「這條街跟長安城裡的那條完全一樣。」

葉開道：「這條街上也有個王寡婦豆腐店？」

上官小仙笑道：「這條街上的王寡婦也是個很風流的寡婦。」

葉開故意嘆了口氣，道：「只可惜楊天已經先去了。」

上官小仙嫣然道：「所以你現在趕著去也沒有用，爲什麼不先到隔壁的茶館裡去看看？」

葉開道：「茶館裡有什麼好看的？」

上官小仙道：「有個很好看的錐子。」

葉開微笑著走出去，道：「我只希望這錐子莫要把我錐出個大洞來。」

無論多好看的錐子，若是錐到你身上時，你就不會覺得它好看了。

韓貞既不是個很好看的錐子，也不能算是個很好看的人。無論誰的鼻子被人打扁了之後，都不會很好看的。可是他今天氣色看來倒不錯，不但紅光滿面，而且精神抖擻。無論誰都看得出他絕不像是個受了重傷的人。

他看見葉開，立刻就站起來，微笑著招呼：「坐下來喝杯茶如何？」

葉開搖搖頭。

韓貞道：「來喝杯酒？」

葉開又搖搖頭。

韓貞道：「這裡的點心也不錯，你想不想吃點什麼？」

葉開忽然笑了笑，道：「現在我唯一想吃的，只有豆腐。」

王寡婦豆腐店賣的並不是生豆腐，是那種一塊塊煮熟了的，煮得上面已有了一個個蜂窩般小洞的老豆腐。王寡婦卻不老。豆腐是煮老了的好吃，人卻是半老的風流。半老的徐娘，賣熟透了的老豆腐，生意當然不錯。只可惜這裡並不是長安城。王寡婦穿著一身黑緞子的小棉襖，滿頭黑漆漆的頭髮，鬆鬆的挽了個髻，更顯得一張清水鴨蛋臉白裡透紅，紅裡透白。她的人看來一點也不老，簡直比嫩豆腐還要嫩得多。

最要命的，卻還是她那雙眼睛，小小的，彎彎的，笑起來的時候就像是一彎新月，又像是個鈎子，好像一下子就會把你的魂勾走。

現在她這雙眼睛正在瞟著葉開，嫣然道：「客官的豆腐上要用什麼作料？」

葉開道：「我不吃豆腐。」

王寡婦道：「這豆腐不好？」

葉開道：「這豆腐好極了，我也很想吃兩塊，只可惜我不敢。」

王寡婦笑得更媚，道：「這麼大一個大男人，連豆腐都不敢吃？」

葉開嘆了口氣，道：「別人的豆腐我敢吃，你的豆腐我卻不敢吃。」

王寡婦忽然不笑了，冷冷道：「你是來找楊天的？」

葉開點點頭，道：「他在不在？」

王寡婦用一根水蔥般的手指往後面點了點，好像連看都懶得再看葉開一眼。

有很多女人只喜歡有野心的男人。你若對她沒有野心，她對你也不會有興趣。

葉開笑了。他微笑著走進去，忽又回過頭，笑道：「其實我的膽子也並不是一直都這麼小的。」

王寡婦又瞪了他一眼，咬著嘴唇道：「今天你的膽子爲什麼特別小？」

葉開恨恨道：「因爲我不想被狐狸咬一口。」

楊天看來並不像是條會咬人的狐狸。無論多可怕的人，在洗澡的時候，都會變得和善些的。

楊天正在洗澡。他泡在一大盆熱水裡，盡量放鬆了四肢，看來倒有點像是條懶洋洋的水獺。他的皮膚也像是水獺般光滑，全身上下連一點傷痕都沒有。葉開忍不住嘆了口氣。

楊天看著他，微笑道：「好朋友見面，你爲什麼要嘆氣？」

葉開道：「因爲你沒有受傷。」

楊天道：「我受傷了，你才高興？」

葉開忽然笑了笑，道：「因爲我想吃豆腐。」

楊天大笑，道：「現在我正在洗澡，豈非正是你的好機會？」

葉開道：「是什麼好機會？」

楊天道：「現在隨便你在外面幹什麼，我總不能赤條條的跑出去。」

葉開道：「只可惜朋友妻，不可戲。」

楊天道：「要戲朋友妻，要等朋友死。」

葉開嘆道：「只可惜你還沒有死。」

楊天道：「那麼我們現在還是朋友？」

葉開道：「本來不是的，現在又是了。」

楊天盯著他，眼睛裡漸漸發出了光，刀鋒般的光。冷冷道：「你也來下水？」

葉開道：「你想不到？」

楊天道：「你爲什麼要下水？」

葉開笑了笑，道：「你不該問我的，你自己豈非也泡在水裡？」

楊天道：「那只因爲我已出不去。」

葉開道：「若有人來拉你一把呢？」

楊天道：「誰肯拉我？」

葉開道：「我。」

他果然伸出了手。

楊天卻沒有接過去，淡淡道：「出去太冷，還是水裡暖和。」

葉開道：「無論多暖和的水，總有冷的時候。」

楊天道：「那麼你就該乘早跳出去。」

葉開又笑了，道：「你是在勸我？還是在趕我走？」

楊天道：「你看呢？」

葉開道：「你是不是嫌水裡的人已太多，太擠？」

楊天冷笑，道：「走不走都隨便你，只不過我們總算還是朋友，有句話我不能不說。」

葉開道：「你說。」

楊天道：「千萬不要去找那個戴草帽的人。」

葉開道：「爲什麼？」

楊天閉上了眼睛，不再開口。

葉開又問道：「你怎麼知道我要去找他？」

楊天還是不開口。水很熱，熱氣騰騰，就好像是霧一樣。

葉開忽然又笑了笑，道：「你的確還是泡在水裡的好，從這麼熱的水裡出來，一定會著涼。」

葉開已走了。

楊天卻還是閉著眼睛，泡在水裡，等到水的熱氣消散時，才看出他的臉色慘白，就好像真的已沒有力氣站起來。可是，水已快涼了，他已不能不站起來。水從他的肩頭流下，水裡竟帶著血絲。

血是從哪裡來的？

王寡婦已悄悄的走進來，看著他，眼睛裡充滿了憐惜。

楊天站起來時，慘白的臉竟已因痛苦而扭曲，嗄聲道：「外面會不會有人闖進來？」

王寡婦搖搖頭，忽然問道：「你究竟是怎麼受的傷？爲什麼怕人看見？」

楊天咬咬牙，沒有回答這句話，卻從肩頭上撕下一層皮。一層和他皮膚同樣顏色的薄皮，他撕下來，鮮血就流滿了他的胸膛……

一輛大車停在路口。上官小仙倚在車輪上，等著。她看見葉開走過來時，被陽光曬得發紅的笑臉更美如春花。你只要看見她，就會覺得春天已不遠了。

葉開心裡在嘆息，因爲他忽然想起了以前別人描述林仙兒的話。

——一個仙子般美麗的女人，卻專門引誘男人下地獄。

這句話若用來形容上官小仙，是不是也同樣恰當？

上官小仙正等著問：「你已找到了他們？」

「嗯。」

「他們兩個人都沒有受傷？」

「沒有。」

葉開嘆了口氣：「至少我看不出。」

「所以他們都不會是孤峰。」

葉開點點頭。他的確沒有看出楊天的傷口，貼在楊天肩上的那層皮在水中看來，就跟肉色完全一樣。他也想不到一個受了傷的人，還會泡在水裡。

上官小仙道：「只不過，就算他們沒有受傷，也並不能證明他們不是魔教中的人。」

葉開道：「不錯。」

上官小仙道：「但你卻已不準備再追查下去？」

葉開道：「他們是你的人，要追查下去，也是你的事。」

上官小仙道：「所以你已準備走？」

葉開笑了笑，道：「你豈非也早就替我準備好一輛馬車？」

上官小仙也笑了，笑得卻有些幽怨：「那只因爲我也知道我是留不住你的。」

葉開跳上馬車，忽然又道：「楊天剛才勸了我一句話。」

上官小仙道：「什麼話？」

葉開道：「他勸我千萬不要去找那個戴草帽的人。」

上官小仙道：「那麼你現在準備到哪裡去？」

葉開道：「去找那個戴草帽的人。」

上官小仙嘆了口氣，道：「別人勸你的話，你爲什麼從來都不聽？」

葉開閉上車門，卻又從窗子裡伸出了頭，微笑道：「因爲我這人一向有種病。」

上官小仙道：「什麼病？」

葉開道：「笨病。」

馬車揚起了一片沙塵。車塵已遠，上官小仙臉上卻還帶著甜蜜的微笑，因爲：葉開的頭還伸在窗子外面，看著她。她微笑著，揚起手裡的絲巾。就在她的手臂抬起時，她的笑容忽然消失，被陽光曬得發紅的臉，也突然變得慘白。只可惜這時葉開已轉過山坳，看不見了。

廿七　寒夜黑星

禪院裡清靜而幽雅，因爲院子裡有竹。

竹林。

有竹林的院子，總是會令人覺得分外幽雅的。

尤其是在黃昏時，風吹著竹葉，聲音傳來就彷彿是海浪。

葉開正徘徊在竹林前。

「我若早知道長安城裡還有個這麼幽靜的地方，我也會住在這裡的。」

他嘆息著道：「知道這地方的人好像是不太多。」

他並不是一個人在自言自語，這句話他是對苦竹說的。

苦竹就是十方竹林寺的知客僧。

他人如其名，清癯如竹，雖無肉，卻不俗，他正在微笑著爭辯：「小寺的施主雖不多，也不太少。」

葉開笑了。

從外面到這裡，他還沒有看見一個進香隨喜的人，院子裡的禪房也寂無人聲。

苦竹道：「這七間禪房都是客房，本來並不是空的。」

葉開道：「哦？」

苦竹道：「昨天晚上之前，還有幾位施主住在這裡，都是很風雅的人。」

葉開道：「現在呢？」

苦竹嘆了口氣，道：「現在人都已到了大相國寺。」

葉開道：「他們都是昨天晚上走的？」

苦竹點點頭，道：「那位戴草帽的白施主一來，別的人就全都走了。」

葉開道：「是他趕走的？」

苦竹苦笑道：「他並沒有趕人走，可是他一來，別人就沒法子再住下去。」

葉開道：「爲什麼？」

苦竹又嘆了口氣，清癯的臉上，忽然露出種很奇怪的表情。

他並沒有直接回答葉開的話，卻沉吟著道：「我帶你到他房裡去看看，你就會明白的。」

禪房裡四壁蕭然，什麼都沒有，既沒有桌椅，也沒有床。

這麼大一間禪房裡，只有兩根釘子，一根釘在左面的牆上，一根釘在對面。

葉開又不禁在笑。

現在他的確已明白，別人爲什麼沒法子在這裡住下去了。

「就連我也一樣住不下去。」

他微笑著道：「我不是蒼蠅，也不是蜻蜓，總不能睡在一根釘子上。」

苦竹道：「這裡有兩根釘子。」

葉開道：「兩根釘子和一根釘子好像也沒什麼分別。」

苦竹道：「有分別。」

葉開道：「我卻看不出分別在哪裡？」

苦竹道：「但你卻應該想得到的。」

葉開道：「哦？」

苦竹道：「兩根釘子，就可以掛條繩子。」

葉開還是不懂：「繩子有什麼用？」

苦竹道：「繩子上可以掛衣服，也可以睡人。」

葉開道：「那位戴草帽的白施主，晚上就睡在繩子上？」

苦竹道：「而且是條很細的繩子。」

葉開怔住。

一個人若是喜歡睡在繩子上，那不但脾氣古怪，武功也一定很古怪。

苦竹道：「這屋子裡本來不是空的。」

葉開道：「哦？」

苦竹道：「這裡本來不但有桌有床，還有很多壁虎。」

葉開道：「桌椅是他要搬出去的？」

苦竹道：「不錯。」

葉開道：「壁虎呢？」

苦竹臉上又露出那種奇怪的表情，道：「壁虎全都被他吃了。」

葉開又怔住。

這個人不但喜歡在冬天戴草帽，喜歡睡在繩子上，還喜歡吃壁虎。

這麼古怪的人，連葉開都從未看見過。

他臉上也不禁露出和苦竹同樣的表情，苦笑道：「看來他的食量好像並不大，吃幾條壁虎，居然就能吃飽了。」

苦竹道：「除了壁虎外，他當然還吃別的。」

葉開道：「吃什麼？」

苦竹道：「住在這裡的施主們，一到晚上，通常都很少出去走動。」

葉開道：「哦？」

苦竹道：「因爲外面有蛇，毒蛇。」

葉開愕然道：「蛇也被他吃光了？」

苦竹道：「除了蛇之外，還有蜈蚣。」

葉開苦笑道：「原來他的食量並不小。」

苦竹道：「所以我已經開始在擔心一件事。」

葉開道：「什麼事？」

苦竹嘆了口氣，道：「這裡的壁虎和毒蛇若是全都被他吃光了，那時他吃什麼？」

葉開忍不住笑道：「你難道怕他吃你？」

苦竹嘆息著，還沒有開口，突聽一個人冷冷道：「人有時我也吃，卻很少吃和尚。」

風在吹，日已沉，黃昏時的禪院，豈非總是會顯得分外寂寞寒冷。

這禪院裡非但寒冷，而且還彷彿有種說不出的肅殺詭異之意。

因爲院子裡忽然出現了一個人。

一個戴草帽的人。

在這種酷寒的天氣裡，他居然還穿著件很單薄的白葛麻衣，頭上的草帽形狀更奇怪，看來就像是個捕魚的竹簍子。

他戴得很低，幾乎已將臉全都掩住，只露出一張薄薄的嘴，不說話的時候總是閉得很緊，就像是刀鋒削成的。

葉開忽然笑了。

愈是別人笑不出的時候，他反而愈是偏偏要笑。

他微笑著道：「你是很少吃和尚？還是從來不吃？」

戴草帽的白衣人冷冷道：「我通常只吃一種人。」

葉開道：「哪種人？」

白衣人道：「該死的人。」

「可是真正該死的人並不多。」

「的確不多。」

葉開道：「那麼你爲什麼不也像別人一樣，吃些比較容易找到的東西？」

白衣人道：「你吃什麼？」

葉開道：「我吃豬肉，也吃牛肉，尤其是紅燒肉，小蔥炒牛肉絲也不錯。」

白衣人忽道：「張三是個惡毒狡猾的小人，李四是個誠實刻苦的君子，這兩人若是一定要你殺一個，你殺誰？」

葉開道：「張三。」

白衣人道：「現在你殺的卻是李四。」

葉開道：「我已殺了李四？」

白衣人點點頭。

葉開苦笑道：「只可惜我連他的人在哪裡都不知道。」

白衣人道：「你應該知道，他就在你肚子裡。」

葉開不懂。

這白衣人說的話，實在有點顛三倒四，莫名其妙。

白衣人冷笑道：「毒的是蛇，不是牛，你殺的卻是牛，殺了牠後，還將牠的屍骸葬在肚子裡。」

葉開只覺得胃裡發酵，幾乎已忍不住要嘔吐。

他肚子裡的確還有牛肉，今天中午他吃的牛肉一定還沒有完全消化。

可是下次假如再有人請他吃牛肉時，他一定很難嚥得下去了。

白衣人的眼睛在草帽裡盯著他，道：「現在你是不是已明白了我的意思？」

葉開嘆了口氣，苦笑道：「你的話聽來倒也不是完全沒有道理。」

白衣人道：「這道理你從來沒有聽過？」

葉開笑道：「我連想都沒有想到過。」

——把牛的屍骸葬在肚子裡，這種話真虧他怎麼想得出來。

白衣人道：「看來你雖然不是誠實刻苦的君子，卻也不是惡毒卑鄙的小人。」

葉開道：「你看得出？」

白衣人道：「就因爲我看得出，所以你現在還活著。」

葉開道：「你呢？你是個什麼樣的人？」

白衣人道：「你看不出？」

葉開笑了笑，道：「你當然並不是真的姓白的。」

白衣人承認。

葉開道：「你是從青城來的？」

白衣人也沒有否認。

葉開盯著他，慢慢道：「據說青城山裡，有位高人，名字叫墨九星。」

白衣人打斷了他的話，冷冷道：「你知道的事好像還不少。」

葉開微笑道：「雖然不太多，倒也不太少。」

白衣人道：「只可惜應該知道的事，你反而不知道。」

葉開道：「哦？」

白衣人道：「你知不知道多爾甲是誰？」

葉開道：「不知道。」

白衣人道：「你知不知道布達拉是誰？」

葉開又嘆了口氣，道：「看來我知道的事確實也不算多。」

白衣人道：「你想不想見見他們？」

葉開道：「我能見得到他們？」

白衣人道：「只要你願意在這裡等，就一定能見得到。」

葉開的眼睛亮了。

他當然願意在這裡等，「就算要我等三天三夜，我也願意。」

白衣人道：「你用不著等三天三夜，你來得正巧。」

葉開精神一振，道：「難道他們今天也會到這裡來？」

白衣人冷冷道：「你既然願意等，就不必多問，你若不願等，也沒有人留你。」

葉開立刻閉上了嘴，眼睛卻張得更大了。

他本來就不是多嘴的人。

白衣人忽然道：「和尚本不該多嘴的。」

苦竹垂下了頭。

白衣人道：「你這和尚說的話卻太多。」

苦竹也閉上了嘴，連一個字都不敢多說。

白衣人道：「和尚不但要懂得應該在什麼時候閉上嘴，也該懂得在什麼時候閉上眼睛。」

苦竹立刻閉上眼睛，摸索著走出去。

葉開忍不住笑道：「看來他的確是個很懂事的和尚。」

白衣人道：「真正不懂事的和尚只有一種。」

葉開道：「哪種？」

白衣人道：「該死的和尚。」

葉開又笑了，道：「從你眼裡看來，天下的人好像一共只有兩種。」

白衣人道：「本來就只有兩種，一種不該死，一種該死。」

葉開道：「今天晚上要來的是哪種人？」

白衣人道：「該死的一種。」

夜。

白衣人用一個很小的木瓶子，在地上灑了一層銀色的粉末，就像是灰塵一樣。

可是等到星光升起的時候，這些灰塵也開始在閃動著銀光。

葉開笑道：「今天晚上你是不是準備將這院子吃下去，所以先在上面灑點胡椒？」

白衣人冷冷道：「你的話說得太多。」

葉開道：「哦？」

白衣人道：「你也笑得太多。」

葉開笑道：「那只因我已看出了一件事。」

白衣人道：「什麼事？」

葉開道：「我看得出你並不是個很冷酷的人，有時你心裡也想笑一笑，只不過總是勉強忍住而已。」

白衣人道：「我爲什麼要勉強忍住？」

葉開道：「因爲你想叫別人怕你。」

白衣人轉過身，推開了窗戶，過了很久，才慢慢道：「你還看出了什麼？」

葉開笑道：「你若肯讓我看看你的臉，我一定還可以看出很多事來的。」

白衣人霍然回頭，掀起了草帽。

他的臉本來也跟別人沒什麼不同，但卻比別人多了九顆星。

九顆漆黑的星。

在冬天的晚上看來，天上的疏星總是分外遙遠，分外明亮。

這白衣人臉上的星卻更冷，更亮。

九顆星在他臉上排列成一種奇異而詭秘的圖案，每顆星都釘子般的釘在肉裡。

葉開嘆了口氣，道：「你這是在自己懲罰自己？」

白衣人居然點點頭，道：「每個人都有罪。」

葉開道：「你也不例外？」

白衣人道：「我也是人。」

葉開道：「你的罪是什麼？」

白衣人道：「我只恨不能殺盡這世上惡毒卑鄙的小人。」

葉開嘆道：「這並不能算是你的罪，你受的懲罰未免太重了些。」

白衣人道：「若是遇見罪更重的人，這九顆星就是殺人的利器。」

葉開道：「殺人的利器？」

白衣人道：「你看不出？」

葉開搖搖頭，苦笑道：「我也連想都沒有想到。」

白衣人又用草帽掩住了臉，冷冷道：「能看到我這張臉的人本就不多，能活著的更少。」

葉開道：「你臉上本來是不是只有五顆星？」

白衣人又點點頭。

葉開道：「五顆星爲什麼變成了九顆星？」

白衣人道：「因爲世上的罪人愈來愈多，我的罪也愈來愈重。」

葉開道：「所以墨五星變成了墨九星。」

白衣人道：「現在已沒有墨五星，只有墨九星。」

葉開道：「這就難怪她會弄錯了。」

墨九星道：「她是什麼人？」

葉開笑了笑，道：「你猜不出？」

墨九星道：「是不是上官小仙？」

葉開道：「你也知道她？」

墨九星冷笑。

葉開道：「你知道她是個什麼樣的人？」

墨九星道：「這次我是來殺人的，殺三個人。」

葉開道：「她也是其中之一？」

墨九星道：「她本來是的。」

葉開道：「現在呢？」

墨九星道：「現在我才發現，這世上比她更該死的人還有很多。」

葉開道：「最該死的是哪幾個？」

墨九星道：「多爾甲和布達拉。」

葉開又嘆了口氣，道：「要殺這兩個人，只怕很不容易。」

墨九星道：「我本就沒有打算活著回去。」他慢慢的接著道：「魔教中的四大天王，只要還有一個活在世上，我就絕不回青城。」

葉開道：「可是你就是殺了他們兩個，也還有兩個活著。」

墨九星道：「沒有了。」

葉開道：「怎麼會沒有了？」

墨九星道：「班察巴那已死在郭定手裡。」

葉開道：「牒兒布呢？」

墨九星忽然從身上拿出塊玉牌，拋給了葉開。晶瑩無瑕的玉牌上，刻著個手執智慧之磬的魔神。

「這就是喋兒布的護身符，他活著的時候，總是隨身帶著的。」

「現在怎麼會到了你身上？」

墨九星冷冷道：「因為他已是個死人。」

葉開動容道：「是你殺了他？」

墨九星點點頭。

葉開道：「你在哪裡遇見他的？」

墨九星道：「長安城外。」

葉開道：「他也下了魔山？」

墨九星道：「他們的魔山本就在虛無縹緲間，他們的人在哪裡，那裡就是他們的魔山。」

葉開道：「所以現在他們的魔山就在長安城？」

墨九星道：「他們的人若不死，九九八十一天之內，這長安城就要變成座魔城。」

葉開失聲道：「魔城？」

墨九星道：「魔教中也有兩種人。」

葉開道：「哪兩種？」

墨九星道：「一種是他們魔教的弟子，還有一種是死人。」

葉開吐出口氣，道：「幸好他們的秘密已被你發現了。」

墨九星傲然道：「對我來說，這世上根本沒有秘密。」

葉開嘆道：「你知道的事確實不少。」

墨九星承認。

葉開道：「我只奇怪，你怎會知道這麼多事的，你本是個不出山的隱士。」

墨九星道：「你錯了。」

葉開道：「哦？」

墨九星道：「墨家的精神並不是出世的，而是入世的，爲了急人之難，墨家子弟一向不惜摩頂放踵，刀斧加身。」

葉開看著他，眼睛裡露出尊敬之色。這個人看來雖冷酷古怪，其實卻有一顆善良偉大的心。這世上真正能爲別人犧牲自己的人並不多，葉開一向最尊敬這種人。

禪房裡沒有燃燈。墨九星的草帽裡，一直在閃閃的發著光，卻不知道是他的眼睛，還是那殺人的星。

他盯著葉開，忽然道：「我也早就知道你。」

葉開道：「哦？」

墨九星道：「你姓葉，叫葉開。」

葉開微笑道：「木葉的葉，開心的開。」

墨九星道：「你總是很開心？」

葉開道：「因爲我很少去想那些不開心的事。」

墨九星道：「據說你的飛刀，現在可算是當世第一。」

葉開苦笑道：「我也聽人這麼樣說過，所以我的麻煩也總是天下第一。」

若論麻煩之多，倒的確很少有人能比得上他。

墨九星沉默著，過了很久，才緩緩道：「總有一天我會知道的。」

葉開道：「知道什麼？」

墨九星道：「你的飛刀究竟是不是天下第一？」

葉開嘆道：「你若真的想知道，我的麻煩就又多了一件。」

墨九星道：「你不想看看我的星究竟是不是能殺人？」

葉開道：「我不想。」

墨九星道：「爲什麼？」

葉開道：「因爲我們已經是朋友。」

墨九星冷笑道：「你的朋友只怕太多了。」

葉開道：「朋友多些，總比沒有朋友好。」

墨九星道：「也許就因爲你的朋友比別人多，所以麻煩也比別人多。」

葉開道：「麻煩多些，也比沒有麻煩好。」

墨九星道：「哦？」

葉開道：「因爲真正沒有麻煩的，也只有一種人。」

墨九星道：「死人？」

葉開微笑著點了點頭，突然「轟」的一響，院子裡的短牆被撞破了個大洞，一個人背負著雙手，施施然走了進來。

廿八　身外化身

寒星在天。

冷清清的星光，照在這人臉上。

他的臉也在發著光。

青光！

沒有人的臉上會發出這種青光來的，除非他臉上戴著個青銅面具。

這人的臉上就戴著青銅面具，在星光下看來，顯得更猙獰而怪異。

他身上穿著的，卻是件美麗的繡花長袍，腰帶上斜插著三柄彎刀。

慘碧色的刀鞘上，綴滿了明珠美玉。

「來了，果然來了。」

葉開輕輕吐出口氣，道：「來的是多爾甲？還是布達拉？」

「你看不出？」

葉開已看出來，這人長袍上繡著的，是象徵權法的魔杖。

「多爾甲。」

「也許他還不是多爾甲。」

「還不是？」

「多爾甲的身外化身還有三個。」

——什麼叫身外化身？

葉開還沒有問，已看見了一個。

一陣風吹過，一個人隨著風從牆外飄了進來，繡花的長袍，猙獰的面具，腰帶上也斜插著三柄綴滿珠玉的彎刀。

幾乎就在同一瞬間，竹林後和屋簷下也出現了兩個人。

完全同樣的兩個人。

葉開怔住。

他實在分不出誰才是真的多爾甲天王。

「你就算能殺了他們三個，那真的一個還是一樣可能會走。」

墨九星冷笑。

「他既然來了，就休想再走。」

「你怎麼知道他真的來了，你看得出？」

「我看不出。」墨九星冷冷道：「我只知道他非來不可。」

「爲什麼？」

「因爲我在這裡。」

葉開沒有再問下去，也不能再問下去，他已看見一個人踏著星光走過來。

銀粉也在發著光。

他每走一步，地上就多出個淺淺的腳印。

——只憑這腳印，難道就能分得出他是不是真的多爾甲？

葉開又不禁嘆息，至少他是分不出的。

這個人背負著雙手在禪院中漫步，一個人背負著雙手走過來。

他們不但裝束打扮完全相同，連走路的姿態都完全一樣。

墨九星憑什麼能分辨出他們的表情？

多爾甲終於道：「青城墨九星？」

墨九星點點頭。

多爾甲道：「是你要我來的？」

墨九星又點點頭。

多爾甲道：「現在我已來了。」

墨九星忽然道：「滾出去。」

多爾甲冷笑道：「我既然已來了，要我走只怕就很不容易。」

墨九星道：「你一定要死在這裡？」

多爾甲的手已握住了刀柄。

墨九星道：「你本不配我出手，可是現在……」

多爾甲道：「現在你不出手，就死。」

刀光一閃，他的刀已出鞘，慘碧色的彎刀，眨眼間已劈出三刀。

墨九星沒有動，連指尖都沒有動。

他已看出這三刀都是虛招。

多爾甲手腕一反，第四刀直劈下去，已不是虛招。

刀光削破墨九星頭上的草帽，擦著墨九星的鼻尖削下，只差半寸墨九星的臉就要被這一刀削成兩半。

只可惜他還是差了半寸。

墨九星居然還沒有出手，卻皺了皺眉。

突然間，一點寒星飛出，打在多爾甲肩頭上。

多爾甲並不是沒有閃避，只可惜這一點寒星來得太快，太意外。

他看見寒星飛出時，想閃避已來不及了，突然咬了咬牙，反手一刀，刺在自己肚子上。

血光飛濺，他的人已倒下。

墨九星還是沒有動，連指尖都沒有動，可是眉心之間的一點寒星，已不見了。

這種暗器竟用不著動手，就可以發出來，他只要皺一皺眉，就可以制人於死。

葉開嘆了口氣，道：「果然是殺人的利器，果然不假。」

墨九星道：「這個多爾甲卻是假的。」

葉開道：「你看得出？」

墨九星點點頭，冷笑道：「這人的死，也是假的。」

葉開笑道：「這就連我也看得出來。」

墨九星道：「哦？」

葉開道：「這種刀鋒可以縮回去的魔刀，我已看過不止一次，卻連一次都沒有插過我。」

墨九星淡淡道：「要騙過你，的確也不容易。」

倒在血泊中的「多爾甲」果然又「復活」了，突然抽出了另一柄刀，翻身站起。

可是他這一刀並沒有劈出來，又是一點寒星飛出，釘入了他的咽喉。

他的人又倒下。

葉開嘆道：「看來這次已不是假的。」

墨九星冷冷道：「他本不必來送死。」

葉開道：「他也不配你出手。」

墨九星道：「我並沒有出手。」

他的確連指尖都沒有動過，無論誰也看不出這種暗器會在什麼時候發出，當然更沒法閃避。

葉開又嘆道：「看來上官小仙果然沒有說錯。」

墨九星道：「她說什麼？」

葉開道：「她說你是這世上最可怕的三個人其中之一，甚至就是最可怕的一個。」

墨九星冷冷道：「她的確沒有說錯。」

院子裡有人在冷笑，卻不知是誰在冷笑。

三個同樣的人，全都背負著雙手，站在星光下。

墨九星刀鋒般的目光在他們腳下一轉，忽然停留在一個人的臉上，冷冷道：「你不必再要別人來送死了。」

這人道：「我？」

墨九星道：「就是你。」

他的眼睛在草帽裡發著光，這人的眼睛也在青銅面具裡發著光。

兩個人的目光相遇，就像是刀劍相擊。

風也冷如刀鋒。

這人突然大笑，笑聲比刀鋒更冷，更尖銳：「好！好眼力！你是怎麼看出來的？」

墨九星道：「你們的人可以作假，腳下的腳印卻是假不了的。」

你有多深的功夫，就會留下多深的腳印，功夫愈深，腳印愈淺。

這的確是假不了的。

葉開這才明白墨九星爲什麼要在院子裡遍灑銀粉的用意。

多爾甲也嘆了口氣道：「想不到你對本門的功夫，居然也很熟悉。」

墨九星道：「天魔十三大法，在我眼裡看來，根本不值一文。」

多爾甲冷笑道：「好，很好。」

他揮了揮手，另外的兩個人就退了下去。

葉開忽然發現他的手在星光下看來，也像是刀鋒般冷厲。

他的手顯然也是種殺人的利器。

能殺人的，就是武器。

要命的武器。

他們身上都有絕對致命的武器，這種武器竟已成爲他們身體的一部份。

沒有人能奪走他們的武器，他們的武器已經與生命結合。

你最多也不過能奪走他們的生命。

這就是他們最可怕之處。

生命的力量，豈非就是世上最可怕的力量。

葉開嘆了口氣。

他雖然知道這一戰必將改變江湖中很多人的命運，對這一戰的結局，他也同樣關心。

可是他幾乎已不忍再看下去。

因爲他也知道，要製成一件這種武器，也不知要流多少汗，多少血，多少淚。

他實在不忍看著它被毀滅。

這一戰的結局，卻只有毀滅。

毀滅之前，總是分外安靜平和。

院子裡更靜，殺氣豈非也是看不見，聽不見的。

能感覺這種殺氣的人，他本身的感覺也一定比別人敏銳。

葉開忽然覺得很冷。

一縷刺骨的寒意，就像是刀鋒般刺入了他的骨髓。

這就是殺氣。

草帽已破裂，卻還沒有摘下來，葉開還是看不清墨九星的臉。

但是他可以看見多爾甲的眼睛。

多爾甲的瞳孔在收縮，忽然道：「現在我已只剩一個人。」

另外的兩個人，的確已退出禪院。

多爾甲道：「你們有兩個人。」

葉開搶著道：「出手的卻只有一個。」

多爾甲道：「你雖不出手，也已威脅到我。」

葉開道：「爲什麼？」

多爾甲道：「因爲你的刀。」

葉開道：「我的刀並不是用來暗算別人的。」

多爾甲道：「可是只要有刀在，就已威脅到我。」

葉開道：「你要我走？」

多爾甲道：「你也不能走。」

葉開道：「爲什麼？」

多爾甲冷冷道：「我們三個人既然都已來了，至少就得有兩個人死在這裡。」

葉開笑道：「你殺了他，還要殺我？」

多爾甲道：「所以你不能走。」

葉開笑道：「難道你要我先交出我的刀，然後坐在這裡等死？」

多爾甲道：「我只要你答應一件事。」

葉開道：「你說。」

多爾甲道：「你已說過，你們絕不會兩個人同時出手。」

葉開道：「不錯。」

多爾甲道：「你說的話我相信，你並不是言而無信的小人。」

葉開微笑道：「多謝。」

多爾甲道：「所以他活著時，你的刀就絕不能出手。」

葉開道：「他若死了呢？」

多爾甲道：「只要看見我一招得手，就可以發你的刀。」

葉開道：「怎麼樣才叫做一招得手？」

多爾甲道：「只要我的手已打在他身上，就叫做一招得手。」

葉開道：「只要你的手打在他身上，他就已必死無疑？」

多爾甲傲然道：「我的手本就是武器，能一招殺人的才能算做武器。」

葉開道：「現在我明白了。」

多爾甲道：「你答應？」

葉開看著他，眼睛裡帶著很奇怪的表情，過了很久，才緩緩道：「我答應，因爲我欠你的情。」

多爾甲盯著他，過了很久，才緩緩道：「你幾時欠了我的情？」

葉開笑了笑，道：「那次的事我既然沒有忘記，你當然也不會忘記。」

多爾甲道：「我並不欠你的。」

葉開搖搖頭，道：「所以你這次若殺了我，我絕不怪你。」

多爾甲道：「很好，這句話我的確絕不會忘記。」

他忽然轉身，盯著墨九星，冷冷道：「只不過第一個要死的還是你。」

墨九星冷笑道：「你好像還是忘記了一件事。」

多爾甲道：「哦？」

墨九星道：「我若沒有把握殺你，怎麼會特地約你來？」

多爾甲道：「也許你本來的確有幾分把握，只可惜你也忘記了一件事。」

墨九星道：「什麼事？」

多爾甲道：「你不該洩露了你的秘密。」

墨九星又問道：「什麼秘密？」

多爾甲道：「殺人的秘密。」

墨九星在冷笑，卻不由自主看了地上的死人一眼。

多爾甲道：「你不該用這種法子殺他的，你本該留著這一招來對付我。」

墨九星冷笑道：「我不用這法子，也一樣可以殺你。」

多爾甲大笑。

無論誰在笑的時候，精神都難免鬆弛，戒備都難免疏忽。

他一開始笑，葉開已發現他露出了空門。

「空門」的意思，就是死。

就在這一瞬間，墨九星已撲過去。

他的身法輕靈如煙霧，敏捷如燕子，但他的出手卻銳利如鷹喙，猛烈如雷電。

他已看準了多爾甲的空門。

多爾甲還在笑。

可是等到墨九星撲過去時，他的空門已不見了——就在這間不容髮的一刹那間，他的空門已奇蹟般不見了。

他的手已在那裡。

別人的手，只不過是一隻手，但他的手卻是種致命的武器。

墨九星一招擊出，忽然發現這一招打的不是空門，而是他的手。

——是多爾甲的手，只不過是一隻手。

沒有人能用一隻手去硬拚一件致命的武器。

墨九星想收回這一招，已來不及了。

他這一擊，已用出了全力。

他的手接近多爾甲的手時，就可以感覺到一種冰冷的殺氣。

就像是劍鋒上發出的劍氣一樣。

多爾甲冷笑。

葉開卻不禁嘆息。

他知道無論誰的手打在多爾甲這隻手上，都是個悲劇。

他幾乎已可想像到墨九星這隻手粉碎的情況。

只聽「拍」的一聲，雙手拍擊。

墨九星的手沒有粉碎。

他竟在這一刹那間，將手上的力量完全消洩了出去，他竟已能將自己全身的力量，收放自如。

這用力的一擊，竟變成了輕輕一招，輕得幾乎就像是撫摸。

撫摸是絕不會傷人的——不會傷害別人，也不會傷害自己。

只要你用的力量夠輕，就算去撫摸一柄利劍，也不會傷了你。

多爾甲怔住。

這輕輕的一招，竟似比重逾泰山的一擊更令他吃驚。

他從來也沒有接過這麼輕的一招。

高手較技，往往只不過是一招之爭。

這一招卻是千變萬化，無奇不有的。

墨九星這一招的奇妙，並不在他的變化快，出手重。

他這一招能制敵，只不過因爲他的出手夠輕。

葉開也不禁嘆爲觀止。

直到現在他才明白，武功中的變化奧妙，的確是不可思議，永無止境的。

多爾甲一怔間，墨九星的手已沿著他手背滑過去，扣住了他的脈門。

他又一驚，雖驚而不亂。

他的另一隻手突然從下翻出，猛切墨九星的肘。

可是他又忘了一件事。

一個人脈門若是被扣住，縱然有千斤神力，也使不出來了。

葉開已聽見一陣骨頭碎裂的聲音——不是墨九星的骨頭，是多爾甲的。

多爾甲失聲驚呼：「你……」

他只說出了一個字：「你。」

這就是他這一生中，說出的最後一個字。

一顆寒星已打入了他的咽喉。

一顆殺人的星。

沒有聲音，一點聲音都沒有，甚至連風都靜止。

多爾甲倒在血泊中，他一倒下去，他的人就似已在乾癟收縮。

他活著時無論是霸王也好，是魔王也好，現在卻已只不過是個死人。

死人就是死人。就算是世上最可怕的人，死了後看來也跟別的人沒什麼不同。

唯一不同的，是他的手。他的手還是在夜空下閃著光，彷彿還在向墨九星示威。

「你雖然殺了我，毀滅了我這個人，卻還是沒有毀滅我這雙手。」

「我這雙手還是天下無雙的武器。」

墨九星站在星空下，動也不動的站著。

激戰過後，縱然是勝利者，也難免會感覺到一種說不出的空虛與寂寞。

他是不是也不能例外？

過了很久，他才轉過頭。

葉開正走過來。

墨九星看著他，忽然道：「你不想揭開他的面具來看看？」

葉開嘆息著，道：「不必。」

墨九星道：「你已知道他是誰？」

葉開道：「我認得這雙手。」

手還在發著光。

葉開看著這雙手，又不禁嘆息，道：「這的確是天下無雙的武器。」

世上的確永遠再也找不出這麼一雙手。

墨九星淡淡道：「只可惜無論多可怕的武器，本身都不能殺人的。」

葉開明白。

殺人的並不是武器，殺人的是人。

墨九星道：「一件武器是否可怕，主要得看它是在什麼人手裡。」

這道理葉開當然也明白。

墨九星道：「我那一招若是出手重了些，我的手很可能被他毀了。」

葉開點點頭，道：「很可能。」

墨九星道：「可是我那一招出手夠輕，這就是勝負的關鍵。」

葉開苦笑道：「那一招的確妙得很。」

墨九星道：「高手相鬥，勝負的關鍵，往往就在一招間。」

葉開沉默著，忽然俯下身，去揭「多爾甲」臉上的面具。

墨九星道：「你既然已知道他是什麼人，現在還想再看看他？」

葉開道：「嗯。」

墨九星道：「死人並沒有什麼好看的。」

葉開道：「但我卻想看看，他臨死前是不是也已明白這道理。」

請續看《九月鷹飛》下冊

九月鷹飛（中）

作者：古龍
發行人：陳曉林
出版所：風雲時代出版股份有限公司
地址：10576台北市民生東路五段178號7樓之3
電話：(02) 2756-0949　　傳真：(02) 2765-3799
封面原圖：明人出警圖（原圖為國立故宮博物館典藏）
封面影像處理：風雲編輯小組
執行主編：劉宇青
業務總監：張瑋鳳
出版日期：古龍珍藏限量紀念版2024年4月
ISBN：978-626-7369-46-3

風雲書網：http://www.eastbooks.com.tw
官方部落格：http://eastbooks.pixnet.net/blog
Facebook：http://www.facebook.com/h7560949
E-mail：h7560949@ms15.hinet.net
劃撥帳號：12043291
戶名：風雲時代出版股份有限公司

風雲發行所：33373桃園市龜山區公西村2鄰復興街304巷96號
電話：(03) 318-1378　　傳真：(03) 318-1378
法律顧問：永然法律事務所 李永然律師
　　　　　北辰著作權事務所 蕭雄淋律師

行政院新聞局局版台業字第3595號 營利事業統一編號22759935

定價：340元

國家圖書館出版品預行編目資料

九月鷹飛／古龍 著.　-- 三版.--
臺北市：風雲時代出版股份有限公司，2024.01
冊；公分.（Ⅰ小李飛刀系列）古龍珍藏限量紀念版
ISBN 978-626-7369-45-6（上冊：平裝）
ISBN 978-626-7369-46-3（中冊；平裝）
ISBN 978-626-7369-47-0（下冊；平裝）
857.9　　112019834